치타 소녀와 좀비 소년

치타 소녀와 좀비 소년

김영리 장편소설

라임

차 례

1부

이깟 몸뚱이

1

태범

더 때려라, 실컷.

십팔, 십칠, 시입……, 욱! 별안간 명치로 어퍼컷이 훅 날아왔다. 젠장. 오른쪽을 세 번 쳤으면 공평하게 왼쪽도 세 번 쳐야지, 갑자기 중앙으로 치고 들어오다니. 아까부터 느꼈던 거지만 이 치는 리듬을 전혀 탈 줄 모른다. 아니면 엇박자의 달인이든지. 도저히 다음 수를 못 읽겠다.

하긴 다음에 어떤 공격이 들어올지 안다고 해도 특별히 나아질 건 없다. 그저 이어질 공격의 방향과 강도를 알면 그 짧은 사이에 내 몸 안에 에어백을 채우듯 숨을 들이마시는 걸로 대비 아닌 대비를 한다는 건데, 그래 봤자 아픈 건 똑같다. 간단한 산수다. 놀람 더하기 아픔에서 놀람을 뺀다고 해도 아픔은 그대로 남는다.

뭐, 생각해 보면 인생이라는 것도 바로 다음에 어떤 공격이 들어올지, 또 어떤 거지 같은 사건이 날 자빠뜨릴지 모르는 거다. 온갖 방어 방법을 열나게 연구해도 인생이란 놈은 언제나 나보다 세 수는 더 앞서 있다. 그러니까 이 치는 지금 나에게 인생을 맛보게 해 주는 셈이다.

근데 오늘따라 유난히 아프다. 어디서 안주발이라도 세우고 왔는지 남자의 주먹에 제법 힘이 실려 있다. 아니면 내가 오늘 아무것도 못 먹어서 더 그렇게 느끼는 걸 수도 있고. 나는 맨몸이고 남자도 맨주먹이다. 둘 다 비쩍 말라서 뼈와 뼈가 부딪치는 느낌이다. 날 때릴 때 남자도 만만찮은 충격을 느낄 것이다. 하지만 그 충격이 내 눈엔 보이지 않는다. 어차피 사람은 어떤 상황에서든 자기 자신만 보게 되어 있다.

나는 눈을 들어 뒤쪽을 흘낏 보았다. 이곳은 버려진 공사장이라 사람들이 찾지 않는다. 지금 나를 때리는 데 혈안이 된 남자가 정한 장소다. 그의 말에 따르면, 원래 주상 복합 건물을 세우려고 준비 중이었는데 시공사와 세입자 간의 알력 다툼 때문에 한 달 전에 갑자기 공사가 중단됐다고 한다. 문제는 그가 한 계절 내내 뺑이친 대가로 받기로 한 돈을 떼였다는 것이다.

공사가 중단된 탓에 그대로 버려진 공구들과 시멘트 가루 등이 잊힌 인질처럼 남아 있었다. 주먹이 꽂히는 둔탁한 소리가 을씨년스러운 배경과 잘 어울렸다. 하고 많은 곳 중에서 왜 하필 이곳에서 주먹을 날리고 싶었을까. 그는 억울한 일을 당해도 항의할 곳 하나 없는 데다 자기를 버려진 공사장 취급이나 하는 엿 같은 세상에서 자신의 울분을 고스란히 받아 줄 대상을 찾은 것이다. 그게 바로 나다.

나는 명치에 가해진 공격에 숨이 막혀서 순간적으로 몸을 왼쪽으로 조금 뒤틀었다. 맞는 역할에만 충실하려고 했지만 몸은 이렇게 본능적으로 반응을 한다. 꿔다 놓은 보릿자루처럼 가만히 맞기만 하다가 움찔하자, 남자는 내가 살아 있는 존재라는 게 새삼 실감이 났는지 주먹에 힘을 주었다. 아까보다 동공도 더 커졌다. 아주 신이 난 눈치였다. 반응이 있는 상대를 곤죽이 되도록 때려 주고 싶어 하는 마음, 이런 게 인간이다. 어깨에 힘주고 철학적인 얘기를 하려는 건 아니지만, 성선설이니 성악설이니 하는 게 먼 나라 딴 얘기는 아니다. 살면서 몸으로 부대끼다 보면 '생각'이란 게 생길 수밖에 없다.

하지만 생각은 위험하다. 계속 파고들다 보면 수면 아래 깊게 가라앉아 있는 것까지 끄집어낼 수 있으니까. 오래전 영화에서 하프 연주로 머리 셋 달린 괴물을 잠재우는 걸 본 적이 있다. 나에게도 생각이라는 괴물을 잠재울 수 있는 누름돌 같은 음악이 필요하다. 하지만 지금 나에겐 음악이 없다. 이 순간을 견뎌야만 음악이 생긴다. 나는 이를 악물고 버틴다. 시간이 가고 있다. 조금만 더 참자. 구, 팔, 칠…….

난 방어를 핑계로 공격하지 않는다. 아까부터 묵묵히 맞고만 있다. 네가 할 수 있는 최선을 다해서 때려라. 나도 최선을 다해서 맞을 테니까. 10분 동안. 그게 규칙이다. 얼핏 10분은 짧아 보이지만 때리는 사람에게나 맞는 사람에게나 결코 짧은 시간이 아니다. 이제 시간이 얼마 남지 않았는데도 상대는 힘이 빠지기는커녕 팔팔하다. 어디서 저런 힘이 나오는 걸까? 아니, 이 순간을 위해 얼마나 오래도록 힘을 비축해 둔 걸까? 문득 묻고 싶어졌다. 이게 그만한 가치가 있는 일이냐고. 하지만 쓸데없는 감상은 금물이다. 이건 비즈니스니까. 곧 끝난다. 사, 삼, 이, 일!

"타임 오버."

나는 몸을 똑바로 세우며 한 발 뒤로 물러섰다. 하지만 상대는 내 말을 못 들은 건지, 아니면 무시하기로 작정한 건지 계속 나에게 주먹질을 해 댔다. 흥분한 그의 입가에 질척한 침이 콧물처럼 매달려서 덜렁거렸다. 아드레날린의 폭주로 무아지경에 빠진 것이다. 그만이라고 딱 잘라 말했지만 주먹은 멈추지 않았다. 신명 난 주먹질이 내 가슴팍에 연타로 날아들었다.

"아저씨, 이러면 반칙이지."

나는 남자의 주먹을 홱 낚아채어 팔을 뒤로 비틀어 버렸다. 그러자 남자는 원망스러운 눈길로 나를 쏘아보았다. 나는 동요하는 기색 없이 차갑게 말했다.

"시간 지났어."

"안 지났어! 아직 남았다고."

"10분하고도 48초 지났어."

"네놈이 어떻게 알아? 시계도 없으면서! 날 속이는 거지!"

"알아. 속으로 계속 세고 있었으니까."

남자는 더 이상 아무 말도 하지 못했다. 순순히 팔을 풀어 주자 씩씩거리며 날 노려보더니 다시 주먹을 쥐고 덤벼들었다. 나중에 내가 따지고 들면 비겁하게 술김이었다는 핑계를 대겠지. 나는 몸을 살짝 틀어서 주먹을 피했다. 갈 곳 잃은 남자의 주먹이 단단한 시멘트 바닥에 꽂혔다. 남자는 꽤 아픈지 주먹을 싸쥐고 바닥에 뒹굴었다. 그의 옆으로 라이터가 또르르 굴러떨어져 나왔다. 이제껏 주먹 안에 라이터를 숨기고 있었던 것이다. 어쩐지 주먹이 맵더라니……. 남자는 때릴 때 도구를 쓰지 않는다는 규칙을 어겼다. 규칙을 지키는 건 호구나 하는 짓이라고 생각하는 건가.

"아저씨, 이건 진짜 규칙 위반인데?"

내가 목소리를 깔고 말하자 긴장한 그가 웅얼대며 말했다.

"애초에 말이 안 되는 일이었어. 가진 돈 다 주면 10분 동안 실컷 때리게 해 준다는 거, 다 거짓말이지? 너처럼 새파랗게 젊고 아쉬울 것 없는 놈이 뭐 때문에……. 날 꾀어 분풀이로 실컷 패려고 이런 으슥한 곳으로 데려온 거지?"

"나 참, 이 장소는 아저씨가 골랐잖아."

남자는 말문이 막힌 표정이었다. 말귀를 알아듣는 걸 보니 사리 분별을 못 할 정도로 취한 건 아닌 것 같았다. 그리고 아무리 취했어도 그 정도 때렸으면 술이 깼을 거고. 난 발끝으로 라이터를 차서 치워 버린 뒤 고개를 모로 꺾고 물었다.

"더 때리고 싶어?"

남자는 주먹을 쥔 채 고개를 힘차게 끄덕였다. 난 잠시 고민했다. 마지막에 맞은 연타의 충격이 남아 방금 타종을 마친 보신각종처럼 온몸이 울렸기 때문이다. 상대가 아무리 약골처럼 비리비리해 보여도 라이터를 숨긴 주먹으로 혼신의 힘을 다해 때리는데 내 몸이 괜찮을 리 없었다. 하지만 입은 몸을 배신한다.

"그럼 돈을 더 내."

남자는 급하게 주머니를 뒤졌다. 하지만 주머니에서 나온 건 돛대도 남아 있지 않은 구겨진 담뱃갑뿐이었다. 그럴 수밖에. 아까 나한테 전 재산을 다 내놨으니까. 꿍쳐 둔 돈이 있다면 그것도 반칙이지. 주먹보다 머리가 더 단단한 아저씨다. 나는 별수 없다는 듯이 한쪽에 빼 둔 엠피스리를 챙긴 후 어깨를 으쓱하고는 돌아섰다.

겉으로는 꽤 쿨한 척했지만, 내 몸은 검은 연기를 뿜으며 달리는 기관차처럼 뜨거웠다. 곧장 서울역 화장실로 가서 세면대의 물을 틀어 머리통을 들이밀었다. 열이 식기를 바랐지만 벌어진 상처 틈에 물이 닿으면서 상처에 소금을 뿌린 것처럼 따끔거렸다. 고통이 무감각해질 때까지 버텼다. 잠시 후 좀 견딜 만해져서 머리를 들어 거울을 보았다.

거울 속에는 방금 물에서 걸어 나온 듯한 물귀신이 서 있었다. 이마 위에 난 상처에서 흐르던 피는 멈추었다. 아까 그 치 말마따나 난 새파랗게 젊었다. 머리가 얼얼해질 정도로 차가운 물 때문에 얼굴이 정말로 새파랗게 질려 있었던 것이다. 고개를 살짝 돌려서 보니, 광대뼈에 찍힌 멍이 환상적으로 그러데이션되어 있었다. 나는 만족스러운 표정을 지으면서 손바닥으로 물기를 대충 쓸어 냈다.

그런 다음 주머니에서 돈을 꺼냈다. 요즘에는 발행되지 않는 분홍색 천 원짜리 몇 장과 동전이 전부였다. 아까 10분 동안 맞은 대가다. 난 정액제로 계산하지 않는다. 시간은 엄수하지만 돈에 관한 한 꽉 막힌 사람이 아니다. 상대가 갖고 있는 돈을 내게 올인하면 액수가 얼마든 받아들였다. 상대가 전부를 걸어야 이쪽도 온몸을 다해 받아 줄 수 있는 것이다.

아까 그 노숙자의 전 재산은 6,900원이었다. 짤짤이로 번 돈은 500원 단위로 떨어질 텐데……. 날 만나기 전에 뭐라도 사 먹었나 보지. 나는 서울역 안에 있는 편의점으로 가서 건전지를 산 뒤 바지 주머니에 넣어 둔 엠피스리를 꺼냈다. 건전지를 플러스마이너스에 맞춰 갈아 끼우고 전원 버튼을 길게 누르자 깨진 액정 화면에 불이 들어왔다. 작동되는 것이다. 이어폰을 귀에 꽂고 플레이 버튼을 누르자 비어 맘마 어쩌고 하는 노래가 나왔다. 맥주와 안주 이야기인 것 같은데 정확한 가사는 모르겠다. 영어 노래였기 때문이다.

유독 이 노래를 좋아하는 이유는 귓속으로 파고드는 낮은 목소리가 나를 안정시켜 주기 때문이다. 박자도 너무 빠르지도 느리지도 않고, 감동 주겠답시고 가창력 자랑하듯이 고음을 내지르는 부분도 없었다. 뭔가 나에게 말하듯이 읊조리는 게, 좋다.

건전지를 사고 남은 돈을 세어 보니 조금 모자랐다. 아, 빅맥은 세트로 먹어야 제맛인데……. 어쩔 수 없이 버거만 먹어야 한다. 나는 24시간 패스트푸드점으로 향했다. 주문을 하자마자 바로 뒤에서 꺼내 주는 걸 보니 오래전에 만들어 놓은 것 같다. 포장지를 반쯤 벗긴 후 한입 크게 베어 물었다. 고기와 빵, 그 사이에 있는 듯 없는 듯한 야채가 한데 어우러진 맛이 일품이다. 힙합 들으면서 빅맥 하나. 이런 걸로 행복하면 안 되는데……, 사무치게 좋다!

나는 간단히 요기를 한 뒤 서울역을 떠났다. 이렇게 대차게 맞은 날에는 꼭 가야 할 곳이 있었다. 이어폰을 귀에 꽂고 볼륨을 높인 뒤 성큼성큼 걸었다.

2

수리

나는 거리를 걷고 있었다.

청바지 위에 하얀 셔츠를 입고 가방도 메지 않았지만, 난 알 수 있다. 지금은 아침이고 나는 학교에 가는 중이다. 전학생도 아닌데 사복 차림으로 학교에 가는 이유는 무릎 위까지 오는 교복 치마가 너무 싫기 때문이다.

그때 내 옆으로 여학생 무리가 종종걸음으로 지나갔다. 하나같이 교복 치마를 미니스커트로 수선해서 각선미를 뽐냈다. 앞서거니 뒤서거니 하며 그 옆에서 걷는 남학생들은 길게 늘어뜨린 바짓단 속에 키 높이 운동화라도 신었는지 전부 훤칠했다.

나는 당당히 걸어가는 그들 틈에서 바람 빠진 축구공처럼 이리저리 치이며 휘청였다. 지나가는 애들이 나를 이상한 눈으로 힐금힐금 쳐다보는 것만 같았다. 나는 청바지 주머니에 두 손을 찔러 넣고는 떨어진 동전을 찾으려는 것처럼 고개를 떨어뜨린 채 바닥만 보고 걸었다. 왠지 난 여학생도 남학생도 아닌 것 같다. 그럼 난 뭘까?

별안간 다섯 걸음쯤 앞에서부터 길의 색깔이 달라졌다. 고개를 들어서 보니 정문을 통과하는 지점부터 보라색 길이 레드카펫처럼 길게 펼쳐져 있었다. 나는 보라색의 정체를 파악하기 위해 눈을 가늘게 떴다. 하지만 곧이어 뒤에서 오던 아이들에게 떠밀려 얼결에 보라색 길 위로 들어서고 말았다. 짙은 보라색을 밟는 순간 알아차렸다. 포도였다. 내 무게를 이기지 못한 얇은 포도 껍질이 우수수 터지면서 물컹한 알맹이의 차디찬 느낌이 발바닥 전체로 사악 퍼졌다.

다른 아이들은 물 위를 걷는 것처럼 포도길 위를 사뿐사뿐 뛰어갔다. 책이 가득한 무거운 가방을 어깨에 멨는데도 깃털처럼 가벼워 보였다. 그 순간 깨달았다. 그들과 난 교복 말고도 다른 점이 또 있었다. 그들은 모두 신발을 신고 있었지만 나 혼자 맨발이었다. 누가 내 신발을 빼앗아 간 거지?

한쪽 발을 들어서 보니 발바닥이 새까맸다. 언제부터인지 몰라도 꽤 오래전부터 맨발로 이 길을 걸어왔던 것이다. 그러나 이게 대체 어떻게 된 일인지 고민할 시간이 없었다. 건물 중앙에 있는 시계를 보니 등교 시간까지 일 분도 채 남지 않았다.

나는 지각을 면하려고 포도길 위를 걷기 시작했다. 달팽이 수백 마리를 밟는 것처럼 끔찍했다. 그것들이 발가락 사이에 끼이기라도 하면 섬뜩한 느낌에 몸이 움츠러들었다. 그렇다고 발에 너무 힘을 줘서도 안 될 것 같았다. 나는 한발 한발 조심스럽게 내딛었다. 턱 끝으로 땀이 뚝뚝 떨어져 내렸다.

얼마나 지났을까. 겨우 학교 건물에 도착했는데 중앙 현관문이 닫혀 있었다. 이미 건물 안에 들어간 아이들이 유리문을 사이에 두고 밖에 선 나를 보며 비웃어 댔다. 학교 따위 진짜 싫다.

나는 왔던 길을 되돌아가기 위해 몸을 돌렸다. 그런데 그사이 길이 달라져 있었다. 길 위는 가시관을 깔아 놓은 것처럼 빈 포도 줄기들로 가득했다. 한 걸음 내디딜 때마다 머리끝이 쭈뼛 섰다. 왜 난 신발도 없는 거지? 내가 가야 하는 길은 또 왜 이따위야? 난 왜 저 애들처럼 달릴 수 없는 거지? 왜! 왜 나만!

눈이 저절로 번쩍 떠졌다.

고개를 돌려 창문을 보니 포도처럼 짙은 보랏빛의 새벽녘이었다. 악몽은 얄궂게도 날 어두운 새벽 한가운데에 내동댕이쳐서 깨웠다. 온몸이 땀으로 흠뻑 젖어 등으로 오줌을 싼 것처럼 찝찝했다. 땀에 젖어 쩍 달라붙은 머리카락 때문에 뺨이 간지러웠다. 손으로 머리카락을 떼어서 귀 뒤로 넘겼다.

찬 새벽 공기에 땀이 식으면서 이번엔 몸에 소름이 돋기 시작했다. 튀어나온 뼈마디를 따라 애벌레가 꿈틀꿈틀 기어가는 것 같았다. 그러거나 말거나 난 누운 채 꼼짝하지 않았다. 이건 아무것도 아니니까. 조금 기다리자 서서히 소름이 가라앉았다. 이럴 줄 알았다. 하지만 그 때, 기다렸다는 듯이 오른 다리 신경이 말리기 시작했다. 마치 치킨 집의 도마 위에 놓인 채 시퍼런 칼날로 난도질당하는 생닭이 된 것 같은 기분이었다. 칼날이 무딘 탓에 잘 잘리지 않아 몇 번이고 끔찍한 순간이 되풀이되는 것처럼 고통은 쉬지 않고 나를 몰아붙였다.

악몽 때문에 새벽에 깨거나 유달리 습도가 높거나 날씨가 쌀쌀할 때면 다리가 심하게 아픈데, 오늘은 불행히도 그 삼박자가 톱니바퀴 물리듯 딱딱 맞는 날이다. 고통을 견디기 위해 이를 앙다물고 힘을 주었다. 턱뼈가 아팠다. 어금니를 세게 문 모양이다. 이에 너무 힘을 주면 위험하다. 앞쪽에 끼운 의치가 또 깨질 수 있으니까. 매번 느끼는 거지만 무작정 참는 건 도움이 되질 않는다. 하나도. 시간이 꽤 흘렀는데도 이 고통은 도무지 익숙해지질 않는다. 아파 죽겠다. 밤새 이러겠지. 오늘은 제발 그냥 지나가길 바랐는데……. 다른 방법이 필요하다. 난 베개 아래에 숨겨 두었던 것을 꺼냈다.

태범

내가 도착한 곳은 수리라는 여자애가 사는 집 앞이다.

도착하자마자 엠피스리의 전원을 끈 후 이어폰을 대충 구겨서 주머니에 넣었다. 지금은 음악이 아니라 생각이 필요한 시점이다. 그것이 설사 날 구렁텅이로 잡아끄는 거라고 해도.

이 집을 찾아온 게 오늘로 열댓 번 조금 넘는다. 하지만 수리는 아직 나의 존재를 모른다. 여태껏 한 번도 그 애를 가까이서 대면한 적이 없었기 때문이다. 수리는 게을러터진 집순이인지 외출을 통 하지 않았다. 가끔 창문을 열고 멍하니 밖을 내다보곤 했는데 그 모습을 멀찍이서 지켜보았을 뿐이다. 그동안 나는 노련한 스토커처럼 어둠 속에 몸을 숨기고 그 앨 관찰만 해 왔다. 물론 난 스토커가 아니다. 수리를 발톱의 때만큼도 좋아하지 않을뿐더러 그 애에게 아무 짓도 하지 않았으니까. 아직까지는.

내가 수리를 찾아오게 된 건 우리 집을 파탄 낸 새끼의 가족이 얼마나 잘 사는지 궁금해서였다. 아니, 궁금하다는 건 너무 고상한 표현이다. 그 인간들이 어떻게 사는지 내 두 눈으로 직접 확인하고 싶었다. 그 생각에 사로잡히자 멈출 수가 없었다.

물어물어 찾아갔을 땐 이미 그 새끼 가족도 결딴나 있었다. 마누라는 아주 오래전에 암으로 죽었고, 그 새끼는 예상대로 감방에서 썩고 있었다. 무남독녀인 딸은 고모 집에 얹혀사는 처지였다. 다닥다닥 붙어 있어 내 집 네 집이 없어 보이는 다세대 주택의 이층집은 어찌나 낡았는지, 발만 좀 굴러도 곧 무너질 듯이 보였다. 하지만 그 정도로는 충분하지 않았다. 적어도 그 새끼 딸은 살아 있으니까.

나비 효과라는 게 있다. 어딘가에서 공기를 살랑이게 한 나비의 날갯짓이 뉴욕에 태풍을 일으킬 수도 있다는 이론이다. 한낱 나비의 날

갯짓도 그렇게 엄청난 영향을 미치는데 그 새끼 딸은 멀쩡하게 지낸다고? 나비의 날개든 태풍이든 그딴 건 필요 없다. 내가 직접 벼락이 되어 수리를 끝까지 쫓아다닐 테니까.

나는 깜깜한 수리 방 창문을 물끄러미 바라보았다. 늦은 새벽이니까 안락한 방에서 곤히 자고 있겠지. 그 애를 보기는 그른 것 같았지만 자리를 뜨지 않았다. 아침에라도 엉망진창이 된 내 면상을 보여 줄 것이다. 그리고 내 정체를 말해야지. 내가 누구고 그동안 몇 번이나 찾아왔으며 앞으로도 계속 올 생각이라는 걸. 죽을 때까지 쫓아다니면서 내가 망가진 모습을 보여 주며 괴롭힐 거다. 구구절절하게 말할 필요도 없다. 그냥 딱 한마디만 해 줄 것이다.

이게 다 너 때문이다.

그럼 그 애 표정이 어떨까? 오늘이 바로 그날이 될 것이다. 충격과 경악에 휩싸여 그 애가 무너지는 걸 내 두 눈으로 똑똑히 확인하는 날. 난 쓰게 웃었다.

차디찬 새벽 공기에 체온이 점점 떨어졌다. 아침이 오기 직전의 새벽, 지금이 하루 중 제일 어둡고 추울 때다. 거리에서 생활하기 때문에 누구보다 그걸 잘 알고 있다. 하지만 너에겐 돌아갈 집이 있다 이거지? 따뜻하냐!

순간적으로 화가 불끈 솟아 아침까지 기다릴 수가 없었다. 나는 허리를 굽히고 주위를 훑었다. 창문이라도 깨뜨릴 만한 돌멩이를 찾았지만 당최 보이질 않았다. 개똥도 약에 쓰려면 없다더니, 어떻게 된

게 길에 돌멩이 하나가 없다. 대신 전봇대 옆에 버려진 책상 하나가 덩그러니 있었다. 책상은 엉성하게 빠개져서 모서리 부분에 잡초처럼 긴 못이 튀어나와 있었다. 아쉬운 대로 돌멩이 대신 저거라도 던져 볼까 싶어서 부서진 책상 쪽으로 향했다. 엉거주춤 양팔을 벌려서 책상을 들어 보려고 했지만 무게가 만만치 않았다.

땀을 뻘뻘 흘리면서 힘을 쏟는데, 난데없이 뒤쪽에서 현관문이 열리는 소리가 났다. 나는 동작을 멈추고 가만히 귀를 기울였다. 곧이어 계단을 내려오는 발소리가 들렸다. 서둘러 책상 뒤에 웅크리고 앉아 슬쩍 보니 어떤 여자애의 모습이 보였다. 캡 모자를 쓰고 있었지만 누군지 단번에 알아보았다. 그 새끼 딸, 수리다.

수리는 나를 보지 못했는지 앞만 보며 골목길을 걸어갔다. 이건 하늘이 준 기회였다. 난 자리에서 벌떡 일어나 수리를 따라가기 시작했다. 조금 거리를 둔 채. 적당한 타이밍을 잡으려면 시간이 좀 필요하니까.

나는 수리의 뒤통수를 노려보며 머리를 굴렸다. 이 시각에 어딜 가는 걸까. 24시간 편의점? 혹시 몽유병 같은 건가? 하지만 수리의 발걸음은 편의점 같은 데 가는 것처럼 가볍지도 않았고 몽유병 환자처럼 느리지도 않았다. 가만히 보니 어떤 목적을 위해 움직이는 로봇 같았다. 기름칠이 덜 되어 삐걱거리는 소리가 날 듯이 몸에 잔뜩 힘이 들어가 있었고 뭔지 모르게 부자연스러웠다.

의혹이 짙어지려는 찰나, 수리가 우뚝 멈추어 섰다. 그러고는 그 자리에서 허리를 숙였다가 곧바로 몸을 일으켜 세웠다. 그런 다음에는 다시 앞으로 뚜벅뚜벅 걸어갔다. 로봇 같은 걸음으로. 바닥에 떨어진 동전이라도 주운 건가?

나는 잠시 뜸을 들인 뒤 수리가 서 있던 곳으로 가 보았다. 차 한 대가 세워져 있었다. 뒤쪽 타이어가 주저앉은 데다 차체에는 선명한 못 자국이 나 있었다. 고개를 돌려서 수리가 멀어져간 쪽을 보았다. 수리는 저만치 떨어진 곳에서 또다시 허리를 숙이고 있었다. 그리고 거기엔 어김없이 차가 있었다. 수리의 오른손이 타이어 옆에 머무는가 싶더니 곧이어 쉬이익 공기가 빠지는 소리가 들리는 것 같았다. 그게 다가 아니었다. 몸을 일으키고 걷는 그 애의 손끝에서 그으으으윽 하고 신경을 긁는 듯한 소음이 들렸다.

수리가 다른 곳으로 간 후에 거기 가 보니 예상대로 타이어에는 구멍이, 차체에는 못으로 길게 그은 자국이 있었다. 수리는 엑스맨의 울버린처럼 주먹에 못을 끼우고 다니면서 주차된 차들에 테러를 하고 있었던 것이다. 나는 망치로 뒤통수를 맞은 것처럼 머리가 멍해졌다.

세상에 반항하는 척 흉내라도 내는 건가? 겨우 이깟 걸로 뭘 어쩌겠다고? 난 수리에게 성큼성큼 다가갔다. 짐작한 대로 수리는 주먹 쥔 오른손에 기다란 못을 끼고 있었다. 나는 수리의 어깨를 잡아 돌려세운 뒤 소리를 질렀다.

"너 뭐야?"

나를 올려다보는 수리의 얼굴은 아까 서울역 화장실에서 본 내 모습과 비슷했다. 물귀신처럼 창백한 데다 턱 끝에서 땀이 뚝뚝 떨어지고 있었다. 입가도 파르르 떨리고. 이건 뭐지? 예고 없이 들어오는 어퍼컷보다 더 세다. 나는 뜨악해서 뒤로 물러섰다. 곧이어 수리가 모래성이 허물어지듯 바닥에 쓰러져 버렸다.

발끝으로 툭 건드려 보았지만 아무 반응이 없었다. 젠장. 나는 쪼그리고 앉아서 수리의 어깨를 손으로 슬쩍 밀어 보았다. 땀을 얼마나 흘렸는지 옷이 축축했다. 서둘러 이마를 짚어 보니 열도 엄청 났다.

"야, 일어나. 너한테 할 말 있어. 아, 씨, 여기서 이러지 말라고."

그 상태로 몇 번이나 흔들었지만 수리는 꼼짝도 하지 않았다. 그때 그 애가 오른손에 끼우고 있던 못이 보였다. 자세히 보니 끝부분에 녹이 슬어 있었다. 순간 파상풍이 떠올랐다. 못 들고 설치다가 자기 몸까지 긁은 거 아냐? 증상이 뭔지는 잘 모르겠지만 그게 위험하다는 것쯤은 알고 있었다. 나는 정신을 잃은 수리를 들쳐 업은 뒤 이를 악물고 뛰기 시작했다. 심장이 쿵쿵쿵 발바닥에서 뛰는 것 같았다.

숨이 턱에 찰 만큼 달려서 병원 응급실에 도착한 뒤 입구 안쪽 의자에 수리를 내려놓았다. 곧이어 당직 간호사가 다가오며 물었다.

"어디가 아픈 거죠?"

"어, 그게…… 녹슨 못이…… 파상풍인 것 같아요."

간호사는 서둘러 담당 의사를 부르러 갔다. 그 틈에 응급실을 빠져나가려고 했는데 다른 간호사가 와서 날 붙잡았다. 서류를 작성하라는 것이었다. 나는 얼이 반쯤 나간 채 간호사가 시키는 대로 종이를 붙잡고 환자의 이름 칸에 수리라고 적었다. 그리고 주소도 적었다. 전화번호는 몰라서 고민하고 있는데, 간호사가 특별한 알레르기 반응을 보이는 약물이 있느냐고 꼬치꼬치 캐물었다.

"몰라요. 그냥 길에 쓰러져 있길래……."

텔레비전 볼륨을 낮추는 것처럼 목소리가 점점 작아졌다. 내가 영 미덥지 못한지 간호사가 수리에게 말을 걸기 시작했다.

"학생! 내 말 들려요? 눈 떠 보세요!"

하지만 수리는 눈을 꼭 감고 얕게 숨만 쉬고 있었다. 악몽이라도 꾸는지 미간을 잔뜩 찌푸린 채 몸을 뒤척였는데 고통 때문에 그런 것 같았다. 간호사는 수리의 안색을 살피더니 겉옷을 벗기기 시작했다. 점퍼를 벗기는 과정에서 소매가 올라가면서 손목부터 팔꿈치 아래까지 길게 이어진 상처가 드러났다. 한두 개가 아니었다. 게다가 잔뜩 부어 올라 있었다.

간호사가 놀란 눈으로 나를 보며 물었다.

"환자가 언제부터 자해를 한 거죠?"

'자해'라는 단어가 귓속으로 파고들어 드릴처럼 돌아가기 시작했다. 난 한 발 뒤로 물러서서 고개를 가로저었다. 나랑 전혀 상관없는 일이라고, 난 진짜 아무것도 몰랐다고 강조하기 위해. 내가 아무 대답도 하지 않자 간호사는 다시 수리를 살피면서 침착하고 빠른 손놀림으로 바짓단을 올려서 확인했다. 그런데 바짓단 아래로 드러난 오른쪽 다리가 아무리 봐도 이상했다. 꼭 나무로 만들어진 피노키오 다리 같았다. 두 눈을 크게 끔뻑였다가 다시 자세히 보니 피터 팬을 괴롭히는 후크 선장의 나무다리처럼 섬뜩했다. 나무다리 위에는 못으로 찧고 그은 자국이 가득했다.

그때 복도 끝에서 의사가 달려와서는 수리의 상태를 살피면서 조금 전 간호사가 물었던 걸 또 물어 댔다. 간호사는 보호자로부터 확인된 바가 없다고 말하면서 나를 흘끗 쳐다보았다. 나는 또다시 고개를 가로저었다.

"전 정말…… 아무것도 몰랐어요."

곧이어 그들은 이동 침대에 수리를 옮겨 싣고는 병원 안쪽으로 향했다. 바퀴가 굴러가는 소리와 의사와 간호사가 다급히 움직이는 발소리만 들려왔다.

자해라니……. 기다란 못으로 차만 망가뜨린 게 아니었다. 언제부터? 대체 왜? 넌 잘 살고 있었잖아. 적어도 겉보기에는. 도대체 그 나무다리는 뭐지? 방금 본 것들을 도저히 감당할 수가 없어서 서둘러 응급실을 빠져나왔다.

구급차가 병원으로 들어오는지 사이렌 소리가 점점 가까워졌다. 귓속으로 밀려드는 온갖 소리들을 견딜 수가 없어서 황급히 엠피스리를 꺼냈다. 그런데 손이 너무 떨려서 엠피스리를 놓치고 말았다. 쪼그리고 앉아서 엠피스리를 줍는데 구급 대원이 나에게 비키라고 소리쳤다. 이동 침대에 누운 환자가 피를 뒤집어쓴 채 고통에 찬 신음을 내질렀다. 구급 대원이 의사에게 삼중 추돌 교통사고 환자로 내장 파열이 의심된다며 빠르게 설명하면서 내 옆을 지나갔다.

난 이어폰을 귀에 꽂지도 못한 채 엠피스리 플레이 버튼을 누르려고 손을 더듬거렸다. 자꾸만 손이 미끄러졌다. 젠장.

그때 아까 수리를 보던 간호사가 보호자를 소리쳐 부르며 응급실 입구 쪽으로 걸어왔다. 난 엠피스리를 꽉 쥐고 거리로 도망쳤다. 도대체 어디서부터 꼬인 걸까.

3

태범

2년 전 7월 12일, 그날 이후 모든 게 달라졌다.

사건이 있었다. 당시 그 사건은 근방에서 꽤 유명해 사람들이 잘 보지 않는 지역 신문에까지 실릴 정도였다. 기자는 '파란 집에서 일어난 비극'이라고 표제를 썼다. 이제 막 펜대를 잡은 초보 기자는 자세한 조사나 당사자 인터뷰도 없이 마치 부고장을 올리듯이 간결한 문장 몇 줄로 사건을 요약한 기사를 썼다. 언제, 어디에서, 어떤 사건이 일어났는지, 그리고 누가 죽었고 누가 살았으며 범인은 누구인지. 신변 보호를 이유로 관련 인물들의 성과 나이만 밝힌 기사는 흡사 암호문 같았다. 하지만 남의 집 담장을 엿보는 식의 관심은 딱 거기까지였다.

얼마 지나지 않아 우리는 잊혀졌다. 그 기자뿐만 아니라 다른 사람들 역시 우리를 더 이상 귀찮게 하지 않았다. 경찰과 구청에서 형식적인 조사가 나오고 나서 며칠 뒤, 관내에 또 다른 큰 사건이 터지는 바람에 그게 일간지를 도배했기 때문이다. 경찰들은 모두 그 사건에 투입되었고, 가해자와 피해자가 명백한 파란 집 사건은 그길로 마무리되었다. 구청 직원들이 한두 번 라면 박스 같은 걸 들고 찾아오기도 했지만, 담당자가 매번 바뀌어서 그런 일회성 이벤트도 오래가지 않았다. 우리는 그렇게 조용히 묻혔다.

모든 게 제자리를 찾아갔지만 결코 원래대로 돌아가지 못하는 것도 생겼다. 집이 풍비박산이 난 그날 이후, 엄마가 달라졌기 때문이다. 엄마는 나를 알아보지 못했다. 처음엔 충격 때문에 잠시 그러는 건 줄 알았고, 조금 지난 후에는 동생을 지키지 못했다는 이유로 날 벌주려고 일부러 그러는 척하는 건 줄 알았다. 하지만 일주일이 지나고 한 달이 지나도 엄마는 내가 누군지 알아보지 못했다. 진짜 비극은 그때부터 시작되었다.

초반에는 드라마의 단골 소재인 기억 상실증을 의심했다. 인터넷에 검색해 보니 그 병에 대한 정보가 무척 많았다. 간단히 말해서 도저히 받아들일 수 없는 충격적인 상황을 경험하면 기억과 감정을 분리하는 현상이 일어나는데 그걸 해리성 기억 상실증이라고 한다.

고통스러운 기억만 머릿속에서 제거하면 고통스러운 감정도 당연히 사라지게 된다. 그러니까 기억 상실증은 스스로를 보호하려는, 일종의 자기 방어 기제인 것이다. 하지만 엄마는 기억 상실증으로 보기엔 어딘지 조금 이상했다. 몇 년 동안의 기억이 없어진 게 아니라 나라는 사람을 아예 알아보지 못했으니까. 내가 왜 자기 집에 있는 건지 모르겠다는 눈으로 나를 쳐다보곤 했던 것이다.

그 해답을 찾기 위해 난생처음 도서관에도 갔다. 그곳에서 '카그라스 증후군'이라는 용어를 알게 되었다. 매우 희귀하면서도 희한한 신경학 증세의 하나로, 자신과 아주 가까운 인물인 부모나 아이, 배우자 등을 가짜라고 생각하는 병이었다. 그런 망상에 빠진 사람들은 이렇게 말한다. '저 남자는 내 아버지와 똑같이 생겼지만 내 진짜 아버지가 아니다. 내 어머니라고 주장하는 저 여자? 저 여자는 거짓말을 하고 있다!'

하지만 이 증상 역시 엄마와 비슷한 듯 조금 달랐다. 엄마가 나를 진짜 자식이 아니라고 생각하는 것은 비슷했지만, 내가 자기 아들과 똑같이 생겼다는 것도 알아채지 못했으니까. 말장난 같지만 이게 내가 처한 현실이었다. 난 스스로를 납득시킬 수 있는 다른 해석이 필요했다.

그래서 영화도 닥치는 대로 다 보았다. 사고 이후 저장된 기억이 하루밖에 가지 않는 여자의 〈첫 키스만 50번째〉, 젊은 여자가 치매로 기억을 점점 잃어 가는 〈내 머리 속의 지우개〉, 극단적으로 10분밖에 기억하지 못해서 자신의 온몸에 문신처럼 기억해야 할 것들을 적어 놓는 남자가 나오는 〈메멘토〉 등……. 기억과 관련 있다 싶은 영화들은 죄다 찾아보았지만 엄마와 똑같은 증상은 없었다.

도서관, 인터넷, 영화, 드라마, 다큐멘터리 등을 뒤져도 엄마의 이상 행동을 속 시원히 설명해 주는 건 없었다. 그저 뇌에 대해서는 아직 더 많은 연구가 필요하다는 미심쩍은 변명이 꼬리처럼 달려 있을 뿐이었다. 결국 나는 무력하게 받아들일 수밖에 없었다. 그러는 데에만 꼬박 일 년이 걸렸다. 지옥 같은 시간이었다.

나는 그 사건이 휘몰아친 이후 집에 붙어 있을 수가 없었다. 엄마와 나는 함께 있는 게 서로에게 고문이었다. 때때로 엄마는 날 보는 걸 두려워하기까지 했다. 내가 그 남자를 닮았기 때문이다. 엄마는 날 기억하지 못하면서 용케 그 남자는 기억하고 있었다. 이건 어떤 증후군으로도 설명할 수 없는, 엿 같은 거였다.

내가 그 남자가 아니라고 아무리 말해도, 빛바랜 가족 앨범을 들춰 보이면서 아들이라고 설명해도 소용없었다. 겁에 질린 엄마에겐 어떤 논리도 통하지 않았다. 엄마는 나와 눈도 마주치려 들지 않았다. 마치 절대 봐서는 안 되는 흉측한 괴물이라도 되는 양 필사적으로 나를 피해서 화장실이나 옷장 속에 숨어 몇 시간이고 덜덜 떨었다. 그런 엄마를 보는 건…… 몸 안에 산소가 바닥나는 기분이었다. 견딜 수 없었다. 그렇다고 죽을 수도 없었다. 죽은 동생과 살아 있는 엄마 때문에 포기할 수 없었다. 뭐라도 해야만 했다. 그래서 나를 피해 책상 밑에 들어가 웅크리고 있는 엄마에게 말했다.

"난…… 달라. 난, 아무것도 하지 않을 거야."

나는 그 자리에서 세 가지 원칙을 세웠다. 죽어도 때리지 않기. 술

따위 마시지 않기. 그리고 빌어먹을 집에 집착하지 않기. 엄마가 그 말을 들었는지 모르겠다. 들었다 해도 구멍이 숭숭 뚫린 기억 저편 어딘가에 빠져 버렸겠지. 그래도 난 뱉은 말을 꼭 지킬 작정이었다. 손바닥 뒤집듯 쉽게 말을 바꾸는 사람이 아니라는 걸 증명하기 위해 무작정 집을 나왔다.

그길로 나와서 맨 처음 간 곳은 신림역이었다. 환하게 불을 밝힌 상점에서는 클럽처럼 쿵쾅대는 음악이 흘러나왔다. 노래방, 당구장, 피시방 3종 세트가 건물마다 다닥다닥 붙어 있었고, 길거리를 헤매는 나를 콕 집어 겨냥이라도 하듯이 '도우미 대기', '부킹 환영' 따위의 유흥업소 광고지가 발에 차이도록 넘쳐났다. 그리고 그것들보다 훨씬 더 많은 또래들이 골목마다 바글바글했다.

신림역은 가출 청소년들에게 젖과 꿀이 흐르는 약속의 땅으로 소문이 자자한 곳이었다. 하지만 막상 가 보니 그곳은 성지라기보다는 무슨 짓을 해서라도 살아남는 게 우선인 또 다른 정글이었다. 그곳에서 버티려면 무엇보다 돈이 필요했다.

돈을 구할 수 있는 방법은 무궁무진했다. 한 장에 3만 원을 호가하는 주민등록증 매입하기, 50만 원까지도 받을 수 있는 신형 폰 털기, 그리고 차털이·날치기·부축빼기 등으로 구한 신용 카드를 죽죽 긁으면 하룻밤에 100만 원은 껌값이었다.

그 껌값으로 같이 어울리는 무리와 미친 듯이 놀아야 했다. 몇 명이서 놀다 보면 금세 친구의 친구까지 불러서 다른 그룹과 합쳐질 때도 많았다. 그렇게 놀다 보면 100만 원은 금방 동이 났다.

결론부터 말하자면, 난 그들의 무리에 정착하지 못했다. 처음에는 신삥이라는 이유로 여러 가출팸으로부터 콜을 받았지만, 호기심 약발은 오래가지 못했다. 아이들과 어울리려면 주어진 일을 해야 했는데, 난 사건 후유증으로 가끔 오른손이 제멋대로 떨려서 제 몫을 다하지 못했던 것이다. 물건을 들고 도망치다가 떨어뜨리는 건 기본이었고 긴장할 때면 손 떨림 증상이 더 심해져서 급기야 날 간질 발작 증세가 있는 걸로 오해하는 녀석들도 있었다. 게다가 여럿이 어울려서 한바탕 난장을 깔 때도 원칙을 지키기 위해 술을 안 마시자, 같잖은 게 폼 재는 것처럼 보였는지 아니꼽게 보는 시선들이 많았다. 결국 난 일주일도 채우지 못하고 그들로부터 아웃되었다.

그렇다고 집으로 돌아갈 수는 없었다. 나는 혼자 힘으로 의식주를 해결해 보려고 역 근처의 닭갈비 가게에서 아르바이트를 시작했다. 내가 주로 하는 일은 불판 닦기였다. 부엌에 쪼그리고 앉아 노련한 세신사라도 되는 것처럼 수세미로 불판을 닦았다. 하지만 점주는 내가 손에 힘이 없어서 불판 닦는 속도가 느리다며 못마땅해했다. 땀을 뻘뻘 흘리며 불판 닦기에 열을 올리고 있는 날 불러내 타박하기 일쑤였다. 그것도 자기의 권리라는 듯이.

"그건 이따가 하고 홀에 나가. 손님 왔을 땐 서빙을 해야지. 눈치가 이렇게 없어서야."

점주는 계산대에서 돈을 삥땅치던 서빙 알바생을 잘라 버린 후로 새로운 알바생을 구하지 않았다. 시키는 대로 다 하는 내가 있었으니까. 나는 가게에서 숙식까지 해결하는 형편이었기 때문에 군소리 않고 일어나 홀로 나갔다.

홀에는 교복을 입은 중딩들이 동그란 테이블에 옹기종기 앉아 있었다. 새로 문을 연 것도 아니고 그렇다고 주말도 아니고 맛집은 더더욱 아닌데도 손님이 연일 몰려들었다. 점주가 할인 쿠폰을 수백 장 만들어서 인근 학교 앞에 꽃가루처럼 뿌려 댔기 때문이다. 할인해 주는 만큼 수지를 맞추기 위해 폐기 직전의 오래된 냉동 닭을 쓰고 있었지만 그걸 알 턱이 없는 애들은 식당 문턱이 마르고 닳도록 드나들었다. 하지만 멋모르는 애들의 얄팍한 지갑을 털면서 개이득을 보는 건 점주뿐이었다. 사람이 미어터질수록 알바생인 나만 개고생이었고.

솔직히 난 서빙이 싫었다. 교복을 입은 또래들을 상대해야 했기 때문이다. 닭갈비를 구우면서 또래들의 얘기를 듣는 건 더 싫었다. 여자애들은 대개 성형한 아이돌 이야기를 하면서 성괴라고 한참 동안 욕을 해 놓고는, 갑자기 실은 자신도 방학 때 '살짝' 하기로 했다며 비밀을 털어놓았다. 그러면서 연예인들이 다닌다는 유명 성형외과에 대한 정보를 교환했다. 남자애들은 화제가 야동과 롤 게임에서 크게 벗어나지 않았다. 평범한 대화였지만 난 그게 지독히도 싫었다. 그들 옆에 서서 팔이 빠져라 닭갈비를 굽고 밥을 볶으면서 그 얘기를 다 들어야 했으니까.

후진 교복, 짜증나는 학생 부장, 답이 안 나오는 공부……. 그런 평범한 모든 것들이 나를 미치게 했다. 부럽다는 말랑말랑한 감정이 아니었다. 내가 로또 당첨같이 대단한 걸 원한 것도 아니고, 그저 저 애들처럼만이라도 인생이 평타로 흘러가길 바란 건데……. 대체 그게 뭐라고. 수백만 명의 애들이 다 저렇게 살고 있는데, 나만 이게 뭐냐고! 세상에 화를 내고 악다구니를 퍼붓고 싶은 걸 간신히 참곤 했다.

이렇게 복잡한 마음을 숨기려고 입을 꾹 다물고 서빙을 하는 나에게 '서비스'가 무엇인지 가르쳐 주고 가는 깐깐한 손님도 있었다. 서럽고 비위 상해도 스마일, 그게 바로 서비스라나 뭐라나. 불편한 내 표정 때문에 여기는 다음 기회도 없이 꽝이라며 훈계까지 덧붙이곤 했다. 그럴 때마다 뒤에서 점주가 계산기를 두드리며 날 주시하는 게 느껴졌다.

세상은 결코 만만하지 않았고, 죽어라 노력한다고 그에 걸맞은 보상이 돌아오는 것도 아니었다. 점주는 한 달이 지나도록 월급을 주지 않았다. 서빙과 주방 보조 등 전천후로 부려 먹을 때부터 알아봤어야 했는데……. 뒤늦게 점주의 꼼수를 알아채고는 신고할까 말까 고민하기 시작했다. 공짜 사탕 좋다고 자꾸 먹으면 이가 썩는 법이라는 걸 굳이 일러 줘야 하나? 그렇게 점주와 시소게임을 하는 사이, 어이없게도 내 쪽에서 자살골이 터져 버렸다. 오호라, 이 녀석 손을 떠네? 그릇을 또 깼어? 이게 몇 개째더라? 나이스 캐치! 그길로 점주는 돈 한 푼 안 주고 날 내쳤다.

그 후, 난 새벽마다 닭갈비 가게를 찾아가 가게 앞에 놓인 쓰레기봉투를 북북 찢어 놓았다. 그걸로 모자란다 싶은 날에는 유난히 국물이 많이 나오는 음식점의 쓰레기봉투까지 가져와 출입구 앞에 탈탈 털어 놓았다. 계란으로 바위를 깨뜨릴 순 없더라도 더럽힐 수는 있다는 걸 보여 줄 셈이었다.

그 짓을 일주일쯤 했을까. 밤새 식당에서 기다리던 점주에게 뒷덜미를 잡혀 안으로 끌려 들어갔다.

난 어깨를 펴고 당당히 말했다.

"돈 줘요."

"말로 할 때 꺼져라."

"돈 달라니까."

"자꾸 이러면 집에 연락한다!"

난 계산대 옆 수화기를 들어서 점주에게 내밀었다. 점주는 캐치볼을 하다가 별안간 날아온 수류탄을 받아 쥔 것처럼 당혹스러운 얼굴로 수화기를 보았다. 애초에 간단한 이력서도 없이 무작정 일을 시작한 거라서 나에 대한 거라곤 연락처고 주소고 아무것도 몰랐던 것이다. 부려 먹다 내치기에는 그게 더 편할 거라고 꼼수를 부렸던 점주는 뒤늦게 후회했다.

"경찰서 번호가 뭐더라. 제가 직접 눌러 드려요?"

점주는 화가 머리 꼭대기까지 차올랐는지 분에 못 이겨 방방 뛰며 소리를 질러 댔다.

"너, 이따위로 굴면 앞으로 다시는 이 주변에서 일 못 해! 여기가 상가 주인들끼리 입소문이 얼마나 빠른지 알아?"

협박을 하려면 상대가 두려워하는 걸 약점으로 잡아야지, 지금 그딴 걸 협박이라고 하냐고 쏘아 주려다가 입을 다물었다. 입소문이란 말을 듣고 좋은 수가 떠올랐기 때문이다. 나는 눈에 힘을 주고 주방의 대형 냉동고를 뚫어져라 쳐다보았다. 점주의 고개가 내 시선을 따라 헐값에 사들인 닭이 그득그득 차 있는 냉동고 쪽으로 돌아갔다. 내 시선의 의미를 알아챈 점주의 눈이 빛보다 빠르게 나에게로 돌아와 꽂혔다.

"흠, 내부 고발자도 포상금을……."

"개 풀 뜯어먹는 소리 하고 있네. 이깟 일로 경찰이 나설 것 같아? 그리고 내애부 고발자? 어디서 주워들은 건 있어 가지고. 그렇게 따지면 인마, 너는 깨끗하냐? 너도 뻔히 알면서 암말 않고 서빙했잖아?"

"난……."

난 그저 시키는 대로 했을 뿐이라고, 그렇게 말하려 했다. 하지만 차마 입이 떨어지지 않았다. 내가 생각해도 그건 너무 비겁한 변명이었으니까. 사실 난 가게의 영업 비밀을 알고 난 뒤부터는 닭이라면 쳐다보기도 싫어서 삼시 세끼 밥과 김치만 먹었다. 내가 일한 값을 받으려고 내부 고발자니 뭐니 지껄였지만, 그런 건 개뿔도 모르고 관심도 없었다. 나는 절대 용자가 아니었다. 중뿔나게 나서는 것도 싫었지만 그렇다고 일한 대가도 못 받는 호구가 되는 건 더더욱 싫었다.

"익명으로 인터넷에 올리면 되죠."

어디에 올려야 하는지, 또 인터넷에 차고 넘치는 말들 속에서 누가 내 말에 귀를 기울여 줄지 그 어떤 것도 확신할 수 없었지만 내 입은 제멋대로 움직이고 있었다. 이번에도 내 말을 쌈 싸 먹어 버릴 줄 알았는데, 별안간 점주의 얼굴이 밖에 사흘은 꺼내 놓은 떡처럼 딱딱하게 굳었다. 점주는 차분하게 종이와 펜을 가지고 왔다. 이 일을 하면서 알게 된 영업 비밀을 발설하지 않겠다는 각서를 쓰라고 했다. 그러면 돈을 주겠다고. 나는 한 치의 망설임도 없이 그가 불러 주는 말을 받아썼다.

그렇게 받아 낸 돈을 들고 식당에서 나왔다. 어느새 아침이 환하게 밝아 오고 있었다. 난 다닥다닥 붙은 건물 사이의 후미진 곳으로 가서 돈을 셌다. 십 원짜리 하나까지 정확하게 맞아떨어졌다. 이제 이 큰돈으로 뭘 하지? 일단 고시원에 가서 한 달치 월세를 낼까? 아니면 맛있는 것부터 좀 사 먹을까? 집에도 가야겠지? 엄마는 어떻게 지내실까…….

오랜만에 행복한 고민을 하며 걷는데 누군가 뒤에서 나를 때렸다. 퍽치기였다. 한때 함께 어울려 다녔던 가출팸 애들한테 털린 것이다. 리더였던 큰바위얼굴이 내 등을 발로 밟으며 말했다.

"이건 그동안 네가 우리한테 빌붙었던 값이야."

녀석들은 고작 일주일 나를 자기 그룹에 붙여 줬다는 이유로 내가 한 달 동안 고생해서 번 돈을 수거해 갔다. 점주의 말이 맞았다. 여기는 소문이 빠른 곳이었다. 누군가 녀석들의 귀에 내가 조만간 큰돈을 받을 거란 걸 속삭여 주었고, 그들은 식당 근처에서 기다리기만 하면 됐다. 난 얼간이처럼 돈을 빼앗겼다. 녀석들은 나보다 덩치가 컸고 힘도 셌고 노련했으며 경험도 풍부한 집단이었다. 난 혼자였고.

녀석들이 떠나고 나서 한참 후에야 몸을 일으켰다. 바닥을 짚고 일어서려는데 손에 딱딱한 게 만져졌다. 뭔가 싶어서 손바닥을 떼어 보니 이어폰이 길게 달린 엠피스리였다. 날 대차게 때리던 놈들 중 누군가의 주머니에서 떨어진 모양이었다. 모서리에 흠집이 많이 나 있는 게 딱 봐도 고물이었다. 하긴, 요즘 세상에 누가 엠피스리를 듣는다고……. 게다가 원래부터 그런 건지, 아니면 떨어지면서 망가진 건지 액정 화면이 깨져 있었다. 나는 엠피스리를 챙겼다. 나에게 남은 건 그것뿐이었으니까.

전봇대에 기대앉아 엠피스리를 노려보았다. 이걸 찾으려고 오는 녀석이 있으면 엠피스리와 내 돈을 맞바꾸자고 해 볼 셈이었다. 하지만 엠피스리 따위를 찾으러 오는 녀석은 없었다.

"너도 나랑 같은 신세네."

나는 이어폰을 귀에 꽂고 플레이 버튼을 눌렀다. 쿵쿵거리는 비트가 새어 나왔다. 액정 화면을 들여다보았지만, 고장 난 테트리스 블록 같은 데드 픽셀들이 엉켜 있어서 제목이고 가수고 하나도 알 수가 없었다. 하지만 화면만 먹통이지 노래는 아무 문제 없이 흘러나왔다. 다른 노래는 없나 싶어서 주르륵 넘겨 확인했지만, 엠피스리에 담긴 곡들은 모두 힙합이었다. 그것도 죄다 영어로 블라블라.

이 엠피스리의 주인이 누군지 알 것 같았다. 손가락 마디마디마다 반지를 낀 채 늘 혼자만의 세계에 심취해 있던 녀석. 그 애는 굉장히 손이 빨라서 팸에 들어오자마자 나와는 달리 무리의 중심이 되었다.

원래 난 음악에 별로 관심이 없었다. 힙합도 랩이 많다는 것밖에 알지 못했다. 음악 취향? 그딴 건 안 키웠다. 그런데 외국 힙합이라니……. 내 짧은 영어 실력으로는 가사 해석도 어려웠다. 하지만 노래하는 사람의 목소리와 숨소리에서 왠지 모르게 인생이 느껴졌다. 간간이 여자 목소리가 피처링되어 있기도 했지만 대부분은 남자의 낮은 목소리로 읊조리듯이 노래했다. 노래는 빠른 것도 있고 느린 것도 있었는데 언제나 그 베이스에는 쿵쿵쿵 낮은 비트가 깔려 있었다. 저 멀리서부터 신호를 보내듯 북을 울리는 것처럼.

힙합이란 게 생각보다 괜찮아서 멍하니 음악을 듣고 있는데 갑자기 소리가 뚝 끊겼다. 엠피스리가 고장 난 건가 싶어서 툭툭 쳐 보았지만 소용이 없었다. 혹시나 싶어서 건전지를 뺐다가 다시 껴 보았다. 음악이 잠깐 나오다가 다시 끊겼다. 건전지가 다 된 것 같았다. 난 한숨을 삼키면서 엠피스리를 바지 주머니 깊숙이 넣어 버렸다. 소리가 사라지자 시간이 갑자기 거북이처럼 느릿느릿 갔다.

딱히 할 일도 없어서 정처 없이 걷다 보니 아파트 숲 같은 곳에 이르렀다. 낯선 풍경에 서둘러 근처 지하로 숨어 들어갔다. 3호선 수서역이었다. 역 안을 어슬렁거리면서 노선표를 한참 들여다보았다. 2호선과 4호선 쪽이 만만했다. 동대문은 쇼핑몰이 많아서 구경도 하고 밤새기에 좋았지만 물건 좀 사라고 연신 붙잡아 대서 귀찮았다. 명동도 낮에는 사람들 속에 섞여 있기가 좋지만 인파에 치여서 계속 여기저기를 헤매야 했다. 쇼핑 거리라는 데가 원래 앉을 만한 곳이 극도로 적고 그마저도 늘 관광객들과 자리 경쟁을 해야 하는 게 특징이니까. 다른 곳은…… 아는 곳이 별로 없었다. 그때 뒤에서 누가 나를 불러 세웠다.

"안녕, 친구?"

난 등 뒤에서 다이너마이트라도 터진 것처럼 화들짝 놀랐다. 나에게 스스럼없이 인사를 건네면서 친구라고 부르다니, 누구지? 아무리 머리를 굴려 보고 인생을 통째로 뒤집어 탈탈 털어 봐도 나에게 친구라고 부르며 인사를 할 만한 사람이 없었다. 난 온몸의 구멍에 모조리 힘을 준 채 뒤돌아보았다.

거기엔 노란 조끼를 입은 자원봉사자가 서 있었다. 능숙하게 말을 건네는 걸 보면 근처의 청소년 쉼터에서 거리 상담을 나온 사회복지사일지도 몰랐다. 신천역 쪽을 근거지로 삼고 있다는 무리와 어울려 난장 깔 때 쉼터에 대해 주워들은 얘기가 있었다.

내가 경계하며 뒤로 물러서자 노란 조끼가 마치 춤을 추는 것처럼 나를 향해 다가왔다. 그러고는 조끼 주머니에서 물건을 꺼내어 내 손에 쥐어 주었다. 막대 사탕과 천하장사 소시지, 그리고 물티슈였다. 물티슈에는 청소년 쉼터의 전화번호와 주소가 깨알같이 적힌 스티커가 붙어 있었다.

"나랑 같이 저쪽 테이블에 가면 카프리썬이랑 펜이랑 더 많은 게 있어. 심리 검사도 하고 상담도 받아 볼래? 저기 있는 애들 보이지? 잠깐만 시간 내 줘, 친구."

노란 조끼는 지하철 역 가장자리에 놓인 테이블과 의자를 가리켰다. 몇몇 아이들이 다른 노란 조끼들과 웃으며 이야기를 나누고 있었다. 궁금증이 일어 그쪽으로 가 보고 싶었지만 차마 용기가 나질 않았다. 그곳으로 가는 순간, 내가 지금 위기 청소년이란 걸 인정하는 것 같았기 때문이다.

노란 조끼는 내가 망설이는 틈을 놓치지 않고 쉼터 안내 팸플릿을 쥐어 주었다. 팸플릿에는 안락한 쉼터에서 생활하는 한 청소년과 관장이 다정한 포즈로 찍은 사진이 박혀 있었고, 그 아래에는 쉼터로 갈 수 있는 방법과 시설 이용 안내가 자세하게 적혀 있었다. 내 눈에 그 팸플릿은 일주일 안에 다른 사람에게 전달하지 않으면 죽게 될 거라는 사다코의 저주가 담긴 물건처럼 보였다.

"나랑 같이 저쪽에 가 보자고, 친구."

노란 조끼가 사람 좋은 미소를 지으며 팔짱을 꼈다. 난 노란 조끼를 거칠게 밀어냈다. 이런 걸로 꾀어 날 가두어 놓고 사람 되라고 잔소리를 하다가 종당엔 경찰서에 인계할지도 모른다. 아니라고? 당연히 아니라고 하겠지. 그치만 난 아무도 믿을 수 없었다. 특히 어른들이 하는 말은 문장 부호조차 믿을 수가 없었다.

난 팸플릿을 손에서 놔 버렸다. 어정쩡하게 쥐어져 있던 다른 물건들도 바닥으로 우수수 떨어졌다. 놀란 노란 조끼가 물건들을 줍는 사이 몸을 돌려 지하철 역 밖으로 나갔다. 검은 마스크로 얼굴을 가린 뒤 빠르게 걸었다. 머릿속엔 한 가지 생각밖에 없었다.

어디로든 가야겠다.

4

태범

요즘 트렌드는 좀비다.

죽어도 죽은 게 아닌 존재. 그게 바로 내가 생각하는 좀비의 이미지다. 무심히 중력을 따라 한 방향으로 흘러가는 조류처럼 난 멍한 눈으로 좀비들의 아지트로 향했다. 전국 방방곡곡을 이어 주는 서울역에는 좀비들이 우글거렸다.

좀비들은 몇 가지 남다른 특징이 있다. 제각기 다른 옷을 입었는데도 유니폼을 입은 것 같은 묘한 통일감. 맥박이 뛰는 부위마다 풍기는 오줌을 뿌린 것 같은 독특한 체취. 그리고 마지막으로 움직임. 우리들은 만성 관절염 환자처럼 느릿느릿했다. 단언컨대 좀비는 뛰지 않는다.

"서울역 마감합니다. 나가세요."

시침에게 분침이나 초침처럼 빨리 움직이라고 재촉하듯 서울역 관리자가 외쳤다. 몇몇 좀비들이 엉덩이를 들었다가 다시 내려놓았다. 이제 막 첫 번째 안내가 떨어졌으니 서두를 필요는 없었다. 경험상 관리자가 역 안을 몇 바퀴 돌고 난 뒤 짜증이 그을음처럼 밴 어조로 변할 때까지는 얼마간 더 뭉개고 앉아 있을 수 있었기 때문이다. 관리자가 꾸물거리는 좀비들을 향해 사무적인 어조로 채근했다.

"어이, 거기! 어서 나가요!"

나를 비롯한 주변의 좀비들이 일제히 고개를 돌려 관리자를 보았다. 그 '어이'에는 어조나 목소리 크기의 차이가 없어서 누굴 지칭하는 건지 정확히 알기 어려웠다. 그래서 나와 그들은 '어이' 소리가 들릴 때마다 혹시 자신을 부르는 게 아닌가 싶어서 긴장했다. 난 보호색을 띤 카멜레온처럼 슬그머니 고개를 돌리고 앉아 몸을 웅송그렸다. 서울역에 있는 의자나 휴지통처럼 배경에 녹아들어서 내 모습을 감추려고.

잠시 후 관리자가 내 근처에서 소주를 병째 들이켜고 있는 늙은 좀비에게 다가오며 잔소리를 해 댔다.

"역사 안에서 술은 안 된다니까요!"

"거참, 술 아니라니까."

"귀신을 속이세요."

"술이면 내 손에 장을 지진다."

초가을에나 입을 법한 얇은 점퍼를 걸친 늙은 좀비는 초록 병을 등 뒤로 감추고는 손을 내저으며 호언장담했다. 하지만 관리자는 깐깐하게 굴었다.

"술은 나가서 드시라고요."

"난 술은 입에도 못 댄다니까."

"자꾸 이러시면 압수합니다."

"에잇! 마누라처럼 굴기는."

"꼰대처럼 굴기 전에 얼른 나가기나 하세요."

그 순간, 쫓아내도 끈덕지게 들러붙는 모기처럼 지긋지긋한 안내 방송이 계속 울렸다.

"잠시 후 대합실 문을 닫을 예정이오니 고객 여러분께서는 역사 밖으로 이동해 주시기 바랍니다."

미화원들이 청소기를 돌리기 시작했다. 나가라고 재촉하는 소리가 다양한 버전으로 여기저기에서 울렸다. 곧이어 좀비들은 막차를 놓친 승객처럼 마지못해 짐을 챙겨서 자리를 뜨기 시작했다. 나도 그 무리에 끼어서 역 밖으로 나왔다.

서울역에서 쫓겨난 이들은 두 파로 나뉘어 이동한다. 일부는 아직 자리가 남아 있을까 하는 기대를 갖고 지하도 쪽으로 발을 옮기고 나머지는 근처 주차장 쪽으로 간다. 밖으로 내쳐진 이들은 더 이상 쿨한 좀비가 아니다. 추위에 벌벌 떠는 노숙자일 뿐이다. 진짜 좀비라면 살을 에는 추위에도 눈 하나 깜짝하지 않을 텐데…….

주차장은 가까운 곳에 있었다. 야외라 추웠지만 한 시간 뒤 다시 서울역이 개방할 때까지만 버티면 되기 때문에 노숙자들이 제법 모여 있었다. 하지만 한데 모여 있거나 가깝게 서 있지는 않았다. 세찬 바닷바람을 막기 위해 심어 둔 해송림처럼 거리를 두고 서 있었다. 서로 얼굴은 알아도 쓸데없이 아는 척, 친한 척하지 않기. 그게 불문율이었다.

추위를 막으려고 마스크를 꺼내 쓰는데 조금 떨어진 곳에서 돋을새김을 한 것처럼 유달리 튀는 인물이 눈에 들어왔다. 거리 생활을 하다 보니 척 보면 상대에 대해 간파할 수 있게 되었다. 상대가 입을 떼기도 전에 이미 내 손바닥 안에 두고 볼 수 있게 되었달까. 내 깜냥은 사주 명리학 책을 들입다 파고들어 관상을 보는 역술인과 눈을 까뒤집고 칼 위를 펄쩍펄쩍 뛰는 무속인의 중간 어디쯤에 위치해 있었다. 세밀한 관찰로 논거를 들어서 거들먹거리는 셜록 홈스보다는 천적의 한입거리가 되지 않기 위해 긴 더듬이를 쉴 새 없이 움직이는 검은다리실베짱이에 가까웠다.

그런데 그를 보는 순간, 전기 놀이를 할 때처럼 손바닥이 저릿저릿했다. 손목을 꽉 눌러 잡아 하얗게 질린 손바닥 위에 대고 침을 바른 검지를 공중에서 살살 돌릴 때 느껴지던 바로 그 느낌! 곧 무슨 일이 벌어지겠구나, 이것이 그의 첫인상이었다.

날씨가 추워지면 노숙자들은 러닝셔츠, 내복, 윗옷, 조끼, 외투, 목

도리, 모자, 장갑, 마스크 등 최대한 많은 옷을 구해 덕지덕지 껴입는다. 마치 애정 결핍증에 걸린 것처럼. 나도 그들과 다르지 않았다. 부적이 하나보다는 두 개, 두 개보다는 서너 개가 더 효과가 좋은 것처럼 무조건 옷을 많이 껴입는 게 내가 아는 생존 방법이었다.

그런데 그는 달랐다. 대형 부적이라도 되는 것처럼 커다란 인조 모피만 달랑 휘감고 있었다. 좀 사는 동네의 의류 수거함에서 주워 온 것 같았다. 아무리 그래도 그렇지 모피 하나라니……. 다른 노숙자들이 좀비 같다면 그는 미친놈에 가까웠다. 미친놈이라는 결정적인 증거인 양 싼티 작렬의 화려한 모피 아래로 다 떨어진 삼선 슬리퍼를 질질 끌고 있었다. 양말? 당연히 없었다.

"어허이, 물렀거라. 훠이, 거기. 응, 아니 저기지."

수많은 신들 중에서도 하필이면 덜떨어진 데다 살짝 맛이 간 신을 영접한 선무당처럼 그는 뭔가에 홀린 듯이 주차장을 빙빙 돌면서 자신의 눈에만 보이는 커다란 원 주변에 침을 뱉고 다녔다. 오줌으로 영역 표시를 하는 개처럼 사방에 침을 쏘아 대는 것이었다. 그의 입에서 오줌 방울 같은 침이 뚝뚝 떨어졌다.

나는 그가 만들어 내는 소용돌이에 휘말릴까 봐 결계를 치듯이 한쪽 옆으로 비켜섰다. 하지만 우려하던 일이 결국 벌어지고 말았다. 내가 옆으로 움직인 탓에 그가 쏜 침이 하필이면 서울역 노숙자들의 터줏대감을 자처하는 사내의 바짓단에 걸쭉하게 들러붙어 버린 것이다. 사내가 고개를 번쩍 쳐들고는 채찍질을 하듯 사납게 말했다.

"이거 치우지?"

예상치 못한 상황에 당황한 듯 그의 머리가 금방이라도 떨어질 것처럼 푹 꺾였다. 잠시 후 그는 간신히 머리를 들어 올렸다. 그의 목에서 말이 꿈틀꿈틀 기어 올라오는 것 같았다. 하지만 그 말은 입 밖으로 나온 순간 액체로 변했다. 걸쭉한 침 한 줄기가 날아가 바닥에 떨어졌다.

딸깍. 사내의 머릿속에서 스위치를 바꾸는 소리가 났다. 불이 켜지는 건지 꺼지는 건지 알 수 없었으나 확실한 건 사내가 바뀌어 버렸다는 것이다. 눈 깜짝할 사이에 사내의 긴 팔이 그에게 날아갔다. 그게 신호였다. 곧이어 매타작이 시작되었다. 사내는 검은 이를 드러내며 야비하게 웃었다. 주위를 맴돌던 노숙자들이 덩달아 신이 난 얼굴로 다가와 가세했다. 추위를 녹이는 데엔 모닥불보다 매타작이 제격이라는 듯.

그들은 평소에 사내를 중심으로 뭉쳐 다니던 노숙자들이었다. 모아 놓은 돈이 떨어지면 두세 명씩 조를 짜서 고물 같은 걸 팔아 와 술값을 마련하곤 했다. 그들끼리의 다툼도 많았지만 지금처럼 공공의 밥이 생겼을 때 무리의 결속력은 타의 추종을 불허했다. 그들은 무자비하게 그를 짓밟았다. 몸에 휘감은 커다란 모피가 그에게 방패가 되어 주길 바랐지만 별 소용 없어 보였다. 구정물 먹은 걸레처럼 널브러진 그는 저항조차 하지 못했다.

나는 조금 떨어진 곳에서 꼼짝도 못 하고 서 있었다. 세상에 안전

한 곳은 어디에도 없었다. 집만 떠나면 괜찮을 줄 알았는데 그건 순진한 희망 사항이었다. 누구도 삼선 슬리퍼 아저씨를 패는 사내와 그 무리를 말리지 않았다. 구타는 계속 이어졌다.

그 모습은 내 과거의 어느 날과 겹쳐졌다. 어디를 가도 과거의 기억이 거대한 아가리를 벌리고 내가 걸려들기만 기다리는 것 같았다. 난 그해 여름처럼 어쭙잖게 끼어들지 않겠다고 다짐했다. 여기서 도망칠 것이다. 빛보다 빠르게.

하지만 그건 생각뿐이었다. 두려움에 먹힌 몸이 움직이질 않았다. 도망칠 수조차 없어서 방관자가 되어 버린 것이었다. 난 벌받는 것처럼 그가 맞는 모습을 보고 있었다. 주먹이 내리꽂히고 발길질이 더해질 때마다 내가 맞는 것처럼 움찔거렸다. 나는 그때처럼 넋이 나가 있었다. 정신을 똑바로 차리지 못한 대가로 동생을 잃었다. 나는 맞아도 싼 놈이다. 하지만 맞고 싶지 않다. 내 마음속 여기저기에서 지뢰가 터졌다.

또다시 손이 떨리기 시작했다. 난 약점을 잡혀 그들의 다음 먹잇감으로 찍힐까 봐 떨리는 손을 바지 주머니 깊숙이 찔러 넣었다. 그런데 주머니 속에서 뭔가가 만져졌다. 주머니로 들어간 건 좀체 나오는 법이 없어서 뭔지 알 수 없었다. 꺼내 보니 엠피스리였다.

먹통이란 걸 알면서도 혹시나 하는 마음으로 전원 버튼을 눌러 보았다. 뜻밖에도 음악이 나왔다. 낮은 목소리의 랩과 함께 쿵쿵거리는 비트가 깔렸다. 꼭 누가 옆에서 나에게 말을 거는 것만 같았다. 내 목소리에만 집중하라고. 다른 생각은 하지 말고 보지도 말라고. 난 그 자리에 쭈그리고 앉아 눈을 감았다.

요동치던 마음의 파도가 잠잠해지려는 찰나 음악이 끊겼다. 추위 덕분에 잠깐 살아났던 건전지가 마지막 에너지를 쥐어 짜내고는 KO 당한 것이다. 음악이 사라지자 다시 그날 파란 집에서 있었던 일들이 머릿속에서 돌아가기 시작했다. 내 온몸을 뒤덮은 끈적끈적한 타르 같은 생각을 멈추기 위해서는 음악이 필요했다. 엠피스리에 끼울 새 건전지를 사려면 돈이 필요했는데 돈을 벌 수 있는 수만 가지 방법 중에 난 하나를 택했다. 그때부터였다. 내가 돈을 받고 맞기 시작한 게.

5

대범

난 그림자가 두 개다.

지난번에 쓰러진 수리를 응급실까지 들쳐 업고 간 뒤로 귀찮은 그림자가 하나 더 생겼다. 그때 못 본 척 지나쳤어야 했는데.

그날 나는 응급실에 수리를 떨어뜨려 놓고 나와서 곧장 아지트로 돌아왔다. 후드티를 뒤집어쓴 채 서울역에서 가장 따뜻하고 텔레비전과 가까운 중앙으로 향했다. 뜨내기들과 붙박이들이 섞여 북적이는 곳이라 평소에는 잘 가지 않았지만 그날은 왠지 발길이 그곳으로 향했다.

그러고는 텔레비전이 잘 보이는 자리에 앉아 시선을 화면에 고정했다. 이어폰으로 흘러나오는 음악만으로는 도저히 감당할 수가 없었기 때문이다. 눈앞에 아른거리는 나무다리를 치워 버리기 위해 내 눈에 다른 먹잇감을 주었다. 하지만 과일에 달려드는 초파리처럼 응급실에서 본 광경이 자꾸 맴돌았다. 간호사가 수리의 소매를 올렸을 때 어땠더라? 그리고 그 다리는 대체 어떻게 된 거지?

그때부터 악몽이 시작되었다. 자려고 눈을 감으면 멀리서 아스라이 소리가 들렸다. 내 다리 내 놔. 내 다리! 그리고 그 소리가 점점 가까워지면서 한 발로 콩콩 뛰어오는 처녀 귀신의 모습이 보였다. 한쪽 다리가 없다는 걸 보여 주기 위해 소복 치마를 무릎 위로 바짝 치켜든 채. 그건 택시를 잡기 위해 미니스커트를 슬쩍 올리는 그런 종류의 섹시가 아니었다. 오늘 너 놀라서 한번 뒈져 봐라, 하는 식의 무대뽀 공포였다.

꿈속에서의 나는 인정하기 싫을 정도로 겁쟁이였다. 네까짓 게 뭘 어쩌려는 거냐고 쏘아 주지도 못하고, 저리 좀 가라고 헛발질이라도 하는 반격 같은 것도 못했다. 그저 복날을 앞두고 쏜살같이 달아나는 닭처럼 냅다 도망치기만 했다. 매번 똑같았다. 그나마 다행인 건 꿈속에서 나는 우사인 볼트처럼 빨랐다는 것이다.

그래서 난 수리를 두고 온 병원으로 다시 찾아갔다. 호기심이란 말은 너무 가볍고 걱정이란 말은 그 애와 나 사이에 어울리지 않았다. 그냥 우리 집을 파탄 낸 새끼의 딸이 어떻게 된 건지 알아 둬야 할 것 같은 의무감이었다. 물론 거기에는 지겨운 악몽을 끝내고 싶다는 마음도 좀 섞여 있었고.

병원에 도착한 뒤에도 오래도록 로비에서 서성였다. 창구에 가서 그 애의 이름을 대고 어디에 있냐고 물어볼 자신이 없었기 때문이다. 환자와 무슨 사이냐고 물어보기라도 하면……. 하지만 거기까지 가서 그냥 올 순 없었기에 병실을 다 돌아다니며 이름을 일일이 확인했다. 이틀 동안 한숨도 못 자서 다크서클이 무릎까지 내려온 칙칙한 얼굴로 병원을 돌아다녔다. 입원을 앞둔 잠재적 환자로 보였는지 누구도 나를 이상하게 쳐다보지 않았다. 그렇게 온 병원 안을 누비고 다녔는데도 수리의 이름은 어디에도 없었다.

그날 이후 벌써 여러 날이 지났으니 이미 퇴원을 한 걸지도 몰랐다. 그래, 난 할 만큼 했어. 엘리베이터 쪽으로 몸을 돌렸지만 발길이 떨어지지 않았다. 아직 확인하지 않은 곳이 남아 있었기 때문이다.

나는 혹시나 하는 마음에 복도 끝으로 천천히 걸어갔다. 러시안룰렛을 돌리듯이 아슬아슬했다. 그런데 그곳에서 예상치 못한 이름을 발견했다. 복도 맨 끝 방, 기업 회장이나 연예인처럼 유명하고 돈 많은 사람들이 머물 법한 1인실에 수리의 이름이 있었다. 뭐지? 혹시 너무 상태가 심각해서 1인실에 들어간 건가? 추측을 할수록 산소통도 없이 더 깊은 물속으로 내려가는 것 같았다. 나는 고개를 가로저었다. 동명이인일 수도 있었다.

어쨌든 악몽을 끝내기 위해서라도 확인은 해야 했다. 나는 조심스럽게 병실 문을 열어 보았다. 좁은 틈새로 제일 먼저 눈에 들어온 건 침대 옆쪽에 앉아 있는 여자의 넓은 등판이었다. 수리의 고모 같았다.

침묵을 깨고 잔뜩 쉰 목소리가 새어 나왔다.

"병원비가 이게 다 얼마야? 너, 차도 긁었다면서? 그 합의금은 다 어쩔 거야. 곧 폐점할지도 모른다고 마트 월급도 몇 달째 못 받아서 골 아파 죽겠는데, 너까지 왜 이러니? 대체 넌 생각이 있는 애니, 없는 애니!"

문을 조금 더 열어 안쪽을 살피다가 거칠게 환자복 상의를 벗는 수리의 모습을 보고 말았다. 깜짝 놀라서 재빨리 복도 쪽으로 돌아섰다. 뒤이어 수리의 목소리가 들려왔다.

"자꾸 돈 돈 하는데, 나도 노력할 만큼 했어. 고모한테 폐 끼치고 싶지 않아서 밥도 조금씩 먹고 쥐 죽은 듯이 방에서만 지냈잖아. 학교 안 가고 공부도 안 하니까 사교육비랍시고 새는 돈도 없고 얼마나 좋아?"

"그걸 지금 말이라고 하니? 그게 나 위한 거라고? 기가 막혀서, 원. 검정고시 준비하겠다고 시간을 달라고 한 건 너였잖아."

"……."

"말 나온 김에 얘기 좀 들어 보자. 종일 방에만 처박혀서 무슨 생각을 하는 건데? 아니, 생각을 하긴 하니? 도대체 그 야밤에 밖에 나가서 차들은 왜 긁은 거야! 그래, 백번 양보해서 차들은 그럴 수 있다고 치자. 근데 네 몸은! 대체 왜 녹슨 못으로 온몸에 상처를 내? 속상해서 정말……."

"……."

"제발 말 좀 해. 속 터져 죽겠다."

"고모는 몰라. 내가 어떤지."

"그래, 난 모르겠으니까 속 시원히 말 좀 해 봐. 그래야 알지."

"톡 까놓고 말해서 고모는 나에 대해서 알고 싶지도 않잖아. 그래서 마트 쉬는 날에도 아침부터 밖으로 나갔던 거 아니야? 다른 사람 근무 대신 뛰어 주기로 했다고 거짓말까지 하면서. 내가 모를 줄 알고? 집으로 고모 찾는 전화 왔었어. 대타 좀 해 달라고. 고모가 핑계 댄 그 김씨 아줌마한테서."

"그건……."

"왜? 내 말이 틀려?"

"그게…… 네 아빠 만나러 간 거야. 나라도 가야 하니까. 너, 아직 한 번도 면회 안 갔지? 아빠가 어떻게 지내는지 궁금하지도 않아?"

"……."

"네 아빠 지금 감옥에서……."

"듣고 싶지 않아."

"최수리!"

"성까지 붙여 부르지 않아도 내가 누구 딸인지 너무 잘 알거든? 그리고 이런 데서 감옥이니 뭐니 그런 소리는 하면 안 되는 거 아냐?"

"뭐?"

"우리 형편에 1인실이 말이나 돼? 솔직히 말해 봐. 고모 말대로 돈 때문에 힘들어 죽겠는데도 날 이런 방에 입원시킨 이유."

"그건……."

"살인자 자식 거두고 있다는 소문 날까 봐 울며 겨자 먹기로 1인실 잡은 거 아냐?"

수리의 날 선 목소리에 이어 짝 하는 소리가 터져 나왔다. 서둘러 병실로 고개를 돌려 보니, 수리가 팔에 꽂힌 링거를 거칠게 뽑아 버리고는 점퍼를 들고 문 쪽으로 걸어오고 있었다. 나는 급하게 벽 쪽으로 붙어 서며 고개를 돌려 시선을 피했다. 수리가 옆을 지나갈 때는 숨까지 멈추었다. 그렇게 하면 내 모습을 감출 수 있을 것처럼.

멀어져 가는 수리의 뒷모습을 뚫어져라 쳐다보았지만 청바지에 가려져 있어서 다리를 확인할 수가 없었다. 가까이에서 보기 위해 뒤따라가다가 발을 멈추었다. 어쩌면 그날 당황해서 잘못 본 걸지도 모른다. 그게 아니라고 해도 이 상황에서 내가 뭘 어쩔 건데. 본의 아니게 너무 많은 걸 알아 버린 느낌이었다. 이쯤에서 선을 긋는 게 나을 것 같았다. 나는 그대로 몸을 돌려서 로비로 내려갔다.

그런데 1층 로비에서 경찰이 간호사와 이야기를 나누고 있었다. 지난번에 응급실에서 나에게 서류를 작성하라고 했던 그 간호사였다.

"짙은 회색 후드티에 음, 그 위로 점퍼도 입었었어요. 점퍼는 카키색 아니면 갈색이었던 것 같고……. 맞다! 키가 꽤 컸어요. 내가 위로 올려다봤으니까."

간호사는 기억력이 너무 좋았다. 방금 말한 인상착의는 내 차림새 그대로였다. 나는 재빨리 카키색 점퍼를 벗어서 의자에 던져 버리고 머리에 덮어쓰고 있던 후드티의 모자를 벗었다. 경찰은 수첩에 부지런히 메모를 하다가 펜을 멈추고는 날카로운 눈빛으로 물었다.

"그 수리라는 애와 공범인 건가요?"

"저야 모르죠. 그냥 여기 그 애를 놓고 갔는데, 아! 환자가 의식을 잃은 상태여서 서류를 작성하라고 줬거든요. 말로는 길에 쓰러져 있기에 데려왔다고 했는데, 서류에는 환자 이름이랑 주소를 바로 적더라고요. 이상하다는 걸 눈치챘어야 하는데."

그때 또 다른 간호사가 다가오면서 말을 보탰다.

"그 애, 이상하게 얼굴이 낯익지 않았어?"

"그래? 여기 환자였나? 아님 보호자?"

경찰과 이야기를 나누던 간호사가 고개를 갸웃하자 뒤에 온 간호사가 검지로 입술을 문지르며 곰곰이 생각에 빠졌다. 그 간호사 입에서 또 무슨 말이 나오려나 긴장이 돼서 움직일 수조차 없었다.

"환자나 보호자는 아니고……. 맞다, 전에 당직할 때 한번 봤어요. 그 애와 눈이 마주쳤는데 왠지 노숙자 같더라고요. 노숙자들이 밤에 잘 데가 마땅치 않으면 로비 의자에 앉아 밤을 샐 때가 있거든요. 걔가 풍기는 분위기는 노숙자인데 외양은 평범한 고등학생 같아서 경비원에게 말해야 하나 말아야 하나 헷갈려서 더 유심히 봤어요."

"그러니까 수리라는 애와 같이 왔던 남자애가 노숙자라는 거죠?"

더는 지체할 수 없었다. 나는 고개를 푹 숙인 채 빠른 걸음으로 병원에서 나왔다. 그런데 아까부터 누가 날 따라오는 듯한 느낌이 들었다. 뒤를 돌아보진 못했지만, 나와 발소리가 자꾸 겹치는 걸로 보아 확실했다. 나는 더 빠르게 걷기 시작했다. 다행히 상대방보다 내 발이 더 빨랐다. 얼마 지나지 않아 뒤따라오는 발소리가 뚝 끊겼다. 난 안도의 숨을 내쉬었다. 하얀 입김을 보자 그제야 추위가 느껴졌다. 아, 점퍼! 다시 병원으로 갈 수도 없는데 어떻게 해야 하나 고민하느라 발걸음이 점차 느려졌다. 그때 별안간 누가 내 앞으로 쑥 다가왔다. 수리였다.

"너야?"

"뭐, 뭐가?"

"네가 내 공범이냐고?"

나는 얼어서 아무 말도 못 했다.

"혹시나 했는데, 맞네. 날 병원에 업고 왔다는 그 키 큰 남자애, 너 맞지? 간호사가 말한 인상착의랑 똑같네. 근데 그렇게 입고 안 추워?"

수리의 팔에는 아까 내가 병원 의자에 던져 두고 온 점퍼가 들려 있었다. 난 수리에게서 점퍼를 빼앗듯이 가로챈 후 딱 잘라 말했다.

"꺼져."

그러고는 점퍼를 입으며 반대 방향으로 걸어갔다. 수리는 아랑곳없이 나를 계속 쫓아왔다. 위협도 해 봤지만 소용없었다. 그래서다. 내 그림자가 두 개가 된 건.

그날 이후 더 이상 악몽을 꾸지는 않았지만 깨어 있는 시간 자체가 악몽이 되어 버렸다. 눈만 뜨면 어딜 가든 수리가 보였기 때문이다.

게다가 이건 꿈도 아니었다. 귀라도 좀 막아 보려고 엠피스리 전원 버튼을 눌렀지만 음악이 나오지 않았다. 그새 방전이 된 건지 요사이 별로 들은 것 같지도 않은데 또 건전지가 나가 버린 것이다. 음악이 끊기자 손에 진득한 본드가 묻은 것처럼 모든 일에 짜증이 났다. 도저히 참을 수가 없어서 수리에게 야멸차게 쏘아붙였다.

"왜 자꾸 따라다니는 건데?"

"너 누구야?"

"……."

"너 스토커야? 설마, 나 좋아하냐?"

"뭐? 야, 닥치고 꺼져."

"그럼 어떻게 내 이름이랑 주소를 알아? 길에 쓰러진 날 병원까지 데려다 놓고 며칠 뒤에 다시 찾아오기까지 했잖아. 도대체 왜? 너 뭔데?"

나는 입을 꾹 다물었다. 원래 계획은 내가 누군지 알려서 수리를 괴롭히는 것이었다. 하지만 지금은 모든 게 틀어져 버렸다. 이 상황에 내 정체를 밝히는 건 뭔가 앞뒤가 안 맞았다. 난 한껏 귀찮은 표정으로 수리의 머리를 검지로 툭 밀친 후 제발 좀 꺼지라는 투로 말했다.

"그냥 착한 사마리아인이라고 쳐."

말하고 보니 꽤 그럴듯하다. 내가 그런 말도 안 되는 행동을 했던 이유는 그거라고, 스스로에게 인식시켰다. 그렇게 치부해 버리자 한결 마음이 편해졌다. 하지만 수리는 그 대답에도 만족을 못 했다. 나를 쫓아다니다가 급기야 서울역 남자 화장실 안까지 따라왔다.

"미쳤냐? 여기가 어디라고 따라 들어와?"

"나도 너 스토킹 좀 해 보려고. 스토커가 뭘 가려?"

"아우! 이게 겁도 없이!"

그때 화장실 끝 칸에서 자던 노숙자가 나와서 다짜고짜 돈을 내밀었다. 때리고 싶다는 뜻이었다. 난 만사 귀찮다는 표정으로 노숙자가 내민 손을 밀어냈다.

"오늘은 별로. 담에 해요."

노숙자는 절박한 얼굴로 나에게 매달렸다.

"내 전부야. 저번처럼 구라 아니라니까? 까뒤집어 봐?"

노숙자는 당장 옷이라도 홀딱 벗어서 자신의 말을 증명할 것처럼 부산스럽게 굴었다. 수리는 황당하다는 눈빛으로 날 쳐다보았다. 내가 노숙자들에게서 삥 뜯는 걸로 오해한 눈치였다. 인생이 전화선처럼 배배 꼬이고 있었다. 난 짜증 섞인 목소리로 노숙자에게 꺼지라고 소리쳤다. 노숙자는 울 것 같은 얼굴로 화장실을 나갔다.

"보아하니 길바닥에서 좀 구른 것 같은데, 대체 무슨 짓을 하는 거야? 이런 데서도 일진 같은 게 구역 접수하고 똘마니들이 상납하고 그러냐?"

난 아니라고 설명하려다가 입을 다물었다. 귀찮은 그림자를 떼어낼 방법이 떠올랐기 때문이다. 마침 건전지도 똑 떨어졌고.

"알고 싶으면 따라와."

나는 화장실에서 서둘러 나와 어깨를 축 늘어뜨리고 걸어가는 노숙자를 불러 세웠다.

"돈 줘요. 하자고."

노숙자는 기쁜 얼굴로 나에게 전 재산을 건넸다. 3,500원이었다. 이 돈이면 점심때 할인하는 역 앞 중국집 짜장면 한 그릇을 먹을 수 있다. 할인 마트에 가면 소주를 세 병쯤 살 수도 있고. 그런 돈을 나에게 주는 것이다. 이 돈의 가치는 그와 나만 알 수 있다.

나는 돈을 챙긴 뒤 앞장서 걸었다. 내 뒤를 노숙자와 수리가 거리를 두고 따라왔다. 우리 둘과 달리 수리의 발소리는 박자가 좀 안 맞았다. 주저하는 거겠지. 왜 이런 으슥한 곳으로 가나 싶어서. 난 고개를 빼서 뒤를 돌아보며 눈짓으로 말했다. 쫄리면 지금이라도 꺼지라고. 하지만 수리는 어림없다는 듯 입을 앙다물고 계속 따라왔다.

인근 공사장에 도착한 뒤 사람들의 눈을 피해 구석진 곳으로 향했다. 수리는 긴장이 되는지 점퍼를 더 여미며 몸을 웅숭그렸다. 난 수리에게 다가가 물었다.

"휴대폰 있지?"

수리가 쭈뼛거리며 꺼낸 휴대폰을 낚아채 타이머를 10분으로 맞추었다.

"넌 여기서 가만히 보기만 해. 내가 누군지 알고 싶다고 했지? 이게 끝날 때까지 여기서 기다리면 그때 알려 줄게."

"뭘 하려는 건데?"

난 대답 없이 타이머의 시작 버튼을 눌러서 노숙자에게 보여 주었다. 그런 뒤 휴대폰을 수리에게 던졌다. 수리는 얼떨떨한 얼굴로 휴대폰을 받았다. 엠피스리를 한쪽 구석에 조심스럽게 내려놓은 뒤 시작하라는 표시로 노숙자를 향해 고개를 끄덕였다. 노숙자는 쭈뼛거렸다. 누가 보고 있어서 신경 쓰이는 모양이었다.

"돈 날리고 싶으면 멀뚱히 그러고 있든지. 알아서 해요. 시간은 지금도 가니까."

노숙자는 망설임 없이 나에게 주먹을 날렸다. 약하다. 난 오버액션은 하지 않는다. 약한 주먹의 세기만큼만 살짝 밀렸다. 수리의 눈이 휘둥그레진 게 어렴풋이 보였다. 난 수리를 보지 않기 위해 눈을 내리깔았다. 곧이어 노숙자가 으아아아 포효하면서 나에게 달려들었다. 그러고는 인정사정없이 나를 마구 때리기 시작했다.

"뭐, 뭐하는 거예요? 이봐요!"

노숙자가 다가오는 수리를 밀쳤다. 엉덩방아를 찧고 넘어진 수리가 무서운 눈으로 우리를 쏘아보았다. 그러는 동안에도 노숙자는 계속 날 때렸고 결국 나는 나자빠지고 말았다. 그대로 누워서 수리를 보니 표정이 서서히 변해 갔다. 돈, 타이머, 10분. 이 세 가지가 뭘 뜻하는지 깨달은 것이다. 머리가 좋은 아이였다. 노숙자들에게 이 짓을 처음에 알려 주었을 때 몇십 번을 말해도 이해를 잘 못했는데, 한 번 보고 바로 파악하다니.

사람들이 전 재산을 주고 10분만이라도 날 때리려고 하는 건, 그들에게 그럴 대상이 필요하기 때문이다. 그렇게 해서 정말 속이 좀 풀리는지 진짜 살 만해지는지는 잘 모르겠다.

하지만 맞는 입장에 대해서는 좀 안다. 맞으면 아프다. 아프면 내가 살아 있다는 걸 느낀다. 여기에 10분으로 맞는 시간을 정해 놓은 이유는 그렇게 하면 아픔의 끝이 보이기 때문이다. 극장에 들어가기 전에 러닝타임을 확인하는 것처럼, 좋은 것이든 나쁜 것이든 끝이 있다는 걸 알고 시작하는 게 중요하다.

이 아픔은 끝이 있고 내가 원해서 맞는 거라고 끝없이 되뇐다. 그럼 좀 견딜 만해진다. 이 엿 같은 세상의 거친 파도에 휩쓸려 가는 게 아니라 내가 그 파도의 흐름 속으로 서핑 보드를 들고 뛰어드는 느낌이랄까. 이래 봬도 나에게는 주도권이 있다고, 이건 내 선택이라고, 죽어라 얻어터지면서 그런 생각을 하는 것이다. 우습게도. 사, 삼, 이, 일.

정확히 10분 후 알람이 울렸다. 난 가드를 올린 다음 노숙자를 밀어냈다.

"끝났어요."

"난 아직……."

"규칙 알죠?"

난 노숙자의 멱살을 거머쥐었다. 어찌나 가벼운지 번쩍 들렸다. 노숙자는 후들후들 떨리는 다리로 서둘러 공사장을 빠져나갔다. 난 입안에 고인 침을 바닥에 뱉었다. 피가 섞여 나와 비릿했다. 그러고는 엠피스리를 챙기는데 옆에 짙은 그림자가 드리워졌다.

"이제 말해 줘. 너, 누구야?"

수리는 내 대답을 듣기 위해 끝까지 기다렸던 것이다. 하지만 난 말하기 싫어졌다. 세상 사람 모두에게 말해도 수리한테만은 절대로. 하지만 내 입은 또 나를 배신한다.

"파란 집 생존자."

수리의 얼굴이 하얗게 질리기 시작했다. 난 혼자 공사장 바깥으로 터벅터벅 걸어 나왔다. 뒤따라오는 발소리는 더 이상 없었다. 그렇게 사흘 만에 그림자를 떼어 냈다.

6

수리

내게 주어진 시간은 10분이었다.

나는 대기실에 앉아서 이따 면회 시간에 무슨 말을 할 것인지 미리 생각해 보았다. 조금 긴장됐다. 파란 집 사건 이후 아빠와 말을 해 본 적이 없었기에 무슨 말을 해야 할지 갈피를 잡을 수 없었다. 그저 하릴없이 면회 안내장을 다시 읽어 보았다.

당일 면회 접견 기본 시간은 10분이다. 평일, 토요일, 명절 다 똑같다. 접견 곤란 민원인 인센티브라는 게 있어서 기본 시간 외에 추가 5분을 더 받을 수도 있긴 한데, 그러려면 다음의 네 가지 경우에 해당해야 한다. 먼저 주민등록법상 만 70세 이상의 노약자인 경우, 원거리 거주자인 경우, (여기서 말하는 원거리는 부산, 광주, 울산, 제주도 등 먼 거리에 주민등록이 등재된 직계가족을 말한다.) 그리고 세 번째는 신입 및 소년수 거실 봉사원이어야 한다. 세 번째는 뭘 말하는지 잘 모르겠다. 어쨌든 세 가지 경우 모두 나에게는 해당 사항이 없다. 난 법적으로 쌍시옷이 더 어울리는 열여덟 살이고, 서울을 벗어나 본 적이 없으며, 봉사 따위는 해 본 적도 없었다.

하지만 마지막 네 번째 경우는 좀 달랐다. 난 종이를 뚫어져라 보았다. 장애인인 경우 월 2회 15분이 가능하다고 적혀 있었다. 고개를 들어 대기실에 있는 사람들을 둘러보았다. 내 다리를 힐끔거리는 사람은 없었다. 다들 휴대폰에 코를 박고 시간을 보내고 있었다. 내가 장애인이라는 걸 눈치챈 사람 역시 아무도 없었다. 그럴 수밖에. 그러라고 싸구려지만 나무 의족을 착용하고 그 위에 발목까지 내려오는 긴 바지를 입었으니까. 그것도 걸을 때 안쪽이 보일 수도 있는 일자바지 대신 부츠컷 바지, 일명 나팔바지로 말이다. 설사 면회 시간을 한 시간 더 준다고 해도 결코 장애인 카드를 꺼내 들지 않을 거다. 나는 허리를 숙여서 오른쪽 바짓단을 아래로 더 끌어내려 발목을 가렸다.

사전 예약을 안 해서 대기실에서 두 시간 넘게 계속 기다려야 했다. 예약 따위는 할 수 없었다. 나도 내가 아빠를 보러 올 줄 몰랐으니까. 여기까지 온 이유는 단 한 가지, 너무 화가 나서였다. 아빠에게 퍼붓고 싶은 말이 머릿속에서 들끓었다.

내가 어제 누굴 만난 줄 알아? 매일매일 얼마나 지옥 같은 날을 보내고 있는지 아냐고! 아빠는 아무것도 모르지? 아빠가 여기서 편하게 지랄 맞은 세상과 동떨어져 있는 동안 난 거지 같은 바깥세상에서 겨우 버티고 있어. 화가 나서 차를 긁어도, 너무 아파서 내 몸을 긁어도 아무것도 나아지지 않아. 화가 나, 미치도록! 그런데 화를 낼 수 있는 곳이 없어. 어제 내가 만난 그 녀석은 나에게 화를 낼 수 있는데 말이야. 젠장, 그 자식은 그래도 되지만 난 안 돼. 난 다리까지 잃었는데! 왜 일을 이렇게 만들었어? 이건 다 아빠 때문이야. 모든 게 다 아빠 탓이야!

그때 교도관이 나와서 내 이름을 불렀다. 내 차례가 된 줄 알고 벌떡 일어나 나갔지만 교도관은 면회실이 아니라 다른 곳으로 나를 이끌었다.

"오래 기다렸지? 그런데 오늘은 아빠를 만날 수 없을 것 같구나."

"네?"

"그게, 오늘은 안 되고……. 다음에 다시 오렴."

교도관은 말을 아꼈다. 뭔가 숨기고 있는 눈치였다. 난 당황해서 더듬거리며 말했다.

"저, 전, 오늘 꼭 만나야 돼요. 아빠를요."

"그래, 많이 보고 싶겠지만 오늘은 좀……."

그 순간, 본인이 접견을 거부하면 면회를 할 수 없다던 안내문의 구절이 떠올랐다. 나는 교도관의 말을 자르고 끼어들었다.

"왜요? 절 만나고 싶지 않으시대요?"

교도관은 아니라고 서둘러 대답했지만 내가 납득할 만한 대답은

해 주지 않았다. 나는 접견할 수 없는 상황에 대한 문구를 다시 떠올려 보았다. 아빠를 갑자기 다른 곳으로 이송하는 것도 아닐 거고, 법원이나 검찰청과 관련된 것도 들은 바 없었다. 혹시…….

"안에서 아빠한테 무슨 문제가 생긴 건가요?"

"음, 기록을 보니까 어제도 고모가 왔다 갔더구나. 고모한테 가서 물어보렴."

교도관은 그렇게 말한 뒤 안으로 들어가 버렸다.

나는 하릴없이 발길을 돌리면서 그건 아닐 거라며 애써 외면했던 조항을 떠올렸다. 규율을 어겨서 조사 또는 징벌 집행 중에는 접견 제한을 받을 수 있다는 것이다. 아빠가 대체 무슨 규율을 어겨서 접견 금지를 받은 거지? 불길한 예감이 들었다.

밖으로 나오자마자 고모에게 전화를 걸었다. 어디에서 뭘 하고 돌아다니는 거냐고, 얼마나 걱정했는지 아느냐고 고모가 폭풍 같은 잔소리를 쏟아 냈다. 그런 말들이 하나도 귀에 들어오지 않았다. 나는 잔뜩 가라앉은 목소리로 물었다.

"나 지금 접견 거부당하고 나오는 길이야. 뭐야? 아빠한테 생긴 일, 고모는 알지?"

긴 침묵이 흘렀다. 전화기 안에서 스산한 바람이 불었다.

2부

그림자밟기

1

수리

난 치타 다리를 한 시간째 노려보고 있다.

그렇게 계속 주시하지 않으면 치타 다리가 도망이라도 갈 것처럼. 눈빛으로 제압하는 기 싸움이다. 치타 다리는 숨죽인 채 의자 위에 놓여 있었다. 확실하게 기를 눌러놔야 한다. 자기 몸값이 비싸다고 젠체하면 가만두지 않을 거다. 어렵게 얻은 다리지만 상전 노릇 하게 내버려 둘 생각은 없다. 오늘부로 치타 다리는 나와 함께 지옥 훈련을 해야 하니까.

치타 다리는 달릴 때 착용하는 의족이다. 신문이나 뉴스에서 의족을 착용한 채 거침없이 마라톤이나 철인 삼종 경기에 참가하는 선수들의 이야기를 종종 볼 수 있는데, 그들을 위해 만들어진 게 바로 치타 다리다. 발끝이 꼭 물음표를 뒤집어 놓은 것처럼 특이하게 생겼는데 치타 다리를 본떠 만들어서 치타 플렉스 풋, 줄여서 치타 풋이라고 한다.

우리나라는 정부에서 나오는 의족 지원금이 턱없이 적은 데다 닳아 없어지는 부속 장비에 대한 지원은 아예 없다. 그마저도 효율이 떨어지는 최저가 상품을 기준으로 삼고 있어서 없는 사람은 아예 걸어 다닐 꿈도 꾸지 말라고 하는 것만 같다. 나도 탄소 섬유로 만든 고탄력 의족인 치타 다리는 꿈도 못 꾸고 있었다. 중형차 한 대 가격을 훌쩍 넘길 정도로 비쌌기 때문이다. 그런데 얼마 전에 운 좋게 치타 다리를 얻게 되었다. 마라톤 대회 완주를 약속한 대가로 복지관에서 증여해 주었던 것이다.

한참을 그렇게 마음의 준비 운동을 한 뒤 의자를 침대 쪽으로 끌어당겨 치타 다리를 가져왔다. 플라스틱 소켓을 맞춘 후 오른쪽 다리를 끼웠다. 테트리스를 하는 것처럼 빈 공간에 오른쪽 다리 윗부분과 아랫부분을 끼워 맞췄다. 철컥 소리도 없이 다리가 합체되었다. 내 체온보다 낮은 온도, 서늘한 느낌이 무릎 아래 다리 끝에 닿았다.

나는 밤이 이슥해서야 모자를 쓰고 집을 나섰다. 그때 마트 일을 끝내고 돌아온 고모와 마주쳤다. 고모가 거실에 백을 던져 놓고 황급히 운동화 끈을 묶으며 말했다.

"고모랑 같이 가자."

"됐어."

"같이 가. 고모도 다 준비했어."

고모는 들어오는 길에 집 앞 트럭에서 샀다며 모자까지 내밀어 보였다. 일부러 내 모자와 색깔을 맞춘 듯 그림자를 머리에 이고 다니는 것처럼 새까만 캡 모자였다. 나는 거절의 의미로 고개를 저었지만 고집 센 고모는 기어이 내 옆에 다붙어 말했다.

"처음부터 혼자 뛰려면 힘들 거야. 영화 보니까 페이스메이커라는 게 있더라. 옆에서 같이 뛰면서 도와주는 사람 말이야. 고모가 그거 할게."

"혼자 할래."

난 퉁명스럽게 내뱉고는 서둘러 밖으로 나섰다. 휴일도 없이 아침부터 밤까지 일하고 집안 살림도 도맡아 하는 고모가 얼마나 힘든지 알기 때문이다. 밤이 되어야 좀 쉴 수 있는데 그런 고모의 휴식 시간을 빼앗고 싶진 않았다. 고모가 섭섭한 표정으로 커플 모자를 손에 쥔 채 멋쩍게 서 있는 모습이 눈에 선했지만, 어쩔 수 없었다.

나는 살짝 들떠 있던 모자를 푹 눌러쓰고 마스크까지 썼다. 총 한 자루만 쥐어 주면 영락없는 은행 강도 포스다. 그대로 어두운 기운을 마구 뿜어내며 달리기 시작했다. 갈고리처럼 생긴 치타 다리로 땅을 박차고 앞으로 나아갔다.

달리는 동안 옛 기억이 밀려왔다. 수술 이후 처음 의족을 차던 날, 앳된 얼굴의 초짜 간호사가 의족 차는 걸 도와주면서 말했다.

"첫 걸음마 뗐을 때를 떠올려 보세요."

딱딱한 분위기를 풀기 위해 웃으며 건넨 말이었지만, 난 돌이라도 씹은 듯한 표정으로 아무 대꾸도 하지 않았다. 초짜 간호사는 긴장을 풀어 주기 위해 날 부축한 채 쉴 새 없이 입을 움직였다.

"《비밀의 화원》 읽었어요? 어떤 이야기인지 알아요?"

갑자기 책 이야기를 왜 꺼내는지 대충 짐작이 갔다. 《비밀의 화원》에는 어머니가 돌아가신 후 비뚤어진 채, 행여나 아버지처럼 곱사등이가 될까 봐 두려워 휠체어에 앉아 사는 콜린이라는 아이가 나오기 때문이다. 하지만 난 콜린이 아니었고 간호사 역시 콜린의 친구인 메리가 아니었다. 괜히 친한 척 굴지 말라고 톡 쏘아 주려는데 간호사가 내 대답을 듣기도 전에 말을 이었다.

"그 책에서 소년이 휠체어에서 일어나 걷던 장면을 떠올려 보세요. 자, 이제 한 걸음 내딛어 볼까요? 하나아, 두울."

초짜 간호사는 몰래 카나리아를 삼킨 고양이처럼 흥분된 목소리로 구령을 외치며 나를 재촉했다. 옆에서 고모가 두 주먹을 쥐고 응원하는 통에 나는 마지못해 간호사에게 의지한 채 몸을 움직였다. 아빠는 내 옆에 없었다. 그날은 아빠가 1심에서 형을 받은 날이었다.

몇 주간의 맹연습 끝에 나는 혼자 의족을 차고 걸을 수 있게 되었다. 누구에게도 기대지 않고 처음으로 낯선 다리와 함께 혼자 걸은 것이다. 눈물이 왈칵 쏟아졌다. 그래서 바람에 눈물을 날리려고 조금씩 빨리 걸었다. 보폭이 점점 넓어졌다. 걷는 걸로는 성에 차지 않았다. 안 된다는 걸 알면서도 뛰고 싶었다. 다칠 거라는 생각? 물론 들었다.

근데 여기서 다쳐 봤자 뭐. 그래 봤자 뭐! 화가 났다. 화가 나서 미칠 것 같았다. 하지만 그 나무다리로는 달릴 수가 없었다. 의족이 달릴 때의 충격을 흡수할 수 없었기 때문이다. 그래서 나는 평생 달릴 수 없을 거라고 생각했는데……. 이제 달릴 수 있게 되었다.

지난날 겪은 일, 앞으로 하지 못할 수많은 일, 그리고 현재 나를 짓누르는 일까지……. 속도에 몸을 맡긴 채 숨이 턱까지 차도록 달리는 동안은 그 모든 것들에게서 등 돌릴 수 있다. 점점 멀어질 수 있다. 나는 괴물에게 따라잡히지 않기 위해 힘껏 속도를 높였다.

그러나 초반부터 빨리 달리려고 욕심 부리다가 결국 리듬이 흐트러지고 말았다. 폐가 터질 것만 같았다. 얼굴을 가리기 위해 쓴 마스크가 코와 입을 막아서 그런가 싶어 마스크를 벗어 던졌다. 그와 동시에 균형을 잃고 비틀거렸다. 넘어지기 직전에 재빨리 옆에 있는 나무에 몸을 던지다시피 해서 간신히 버티고 섰다. 두 팔로 나무를 껴안고 얼른 의족부터 확인했다. 혹시 망가졌을까 봐 걱정됐기 때문이다. 자잘한 수리비도 다 돈이었다. 수리비까지 복지관에 기댈 순 없었다.

순간 속에서 울컥하는 게 올라왔다. 눈물이었다. 하지만 울기는 싫었다. 아빠가 피범벅이 된 채로 경찰서에 가서 자수했다는 이야기를 들은 날 결심했었다. 더는 울지 않을 거라고. 그 다짐을 되새기면서 고개를 뒤로 젖히고 눈을 크게 떴다. 바람이 불어 눈물이 날아갈 때까지 그대로 기다렸다.

잠시 후 고개를 내리고 앞을 보니 시선 끝 저 멀리 공사장이 보였다. 그때 그곳이었다. 그 녀석은 아직 거기에 있을까? 나도 모르게 발길이 공사장으로 향했다. 그런데 거짓말처럼 앞쪽에서 익숙한 뒷모습이 보였다. 그 녀석이었다. 어떤 남자와 함께 공사장으로 가고 있었다. 또 그 짓을 하려는 거겠지. 저 녀석은 변한 게 없다. 언제까지고 저러겠지. 어쩌면 맞아 죽을 때까지.

나는 다시 달리기 시작했다. 그런데 제대로 달릴 수가 없었다. 숨을 마시고 내뱉을수록 내 안에 들어찬 감정이 커졌기 때문이다. 빵 터지기 일보 직전이었다. 나는 그대로 멈춰 선 후 뒤를 돌아서 공사장 쪽을 바라보았다. 화가 나서 도저히 안 되겠다.

태범

"호로 자식! 네가 사장이면 다야? 어?"

이번 상대는 꽤나 시끄러웠다. 감정을 너무 이입한 탓에 주먹과 발길질도 요란했다. 전 재산이 27,000원이라고 하기에 어느 정도 각오하고 수락을 한 건데도, 이건 좀 아닌 것 같다. 내 뼈와 살이 뚝뚝 떨어져 나가는 느낌이었다. 그래도 약속은 약속이니까. 난 속으로 열심히 숫자를 세며 맞았다. 상대가 휴대폰이 있어서 타이머를 맞춰 놓긴 했지만 그래도 직접 세야 안심이 되었다.

423까지 셌을 때 갑자기 파바박 유리가 깨지는 소리가 들렸다. 노숙자도 나도 깜짝 놀라서 주위를 두리번거렸다. 술병이 깨져 흩어진 파편 주위로 술이 흥건히 괴어 있었다. 그리고 그 너머에 수리가 서 있었다. 어두워서 잘 보이진 않았지만 하얀 얼굴이 달걀귀신처럼 둥둥 떠 있어서 알아볼 수 있었다.

오랜만이다. 근데 여긴 어쩐 일이지? 먼저 정신을 차린 건 노숙자 쪽이었다. 노숙자는 규칙을 잘 알고 있었다. 시간 낭비를 할 수 없다는 듯 다시 나에게 주먹을 퍼붓기 시작했다. 아마 수리를 그냥 지나가던 술 취한 행인이라고 생각한 것 같았다.

그런데 또다시 술병이 날아와 벽에 부딪혀 깨졌다. 우리를 겨냥해서 던진 탓에 하마터면 노숙자가 맞을 뻔했다. 술병은 노숙자의 팔을 아슬아슬하게 스쳐 지나갔다. 열 받은 노숙자가 입에 거품을 물고 수리 쪽으로 돌아섰다.

"이런 미친년이!"

난 황급히 노숙자의 팔을 붙잡으며 막았다.

"규칙 몰라? 쟤가 아니라 나랑 하는 거잖아."

"에잇, 술맛 떨어지게."

노숙자는 휴대폰의 타이머를 정지시켰다. 노숙자답지 않게 철저한 놈이었다. 뭐, 계산 정확한 거야 나도 바라는 바지만 그래도 뭔가 께름칙했다. 나는 노숙자에게 잠깐 기다리라고 한 뒤 수리에게 다가갔다. 가까이 갈수록 알코올 냄새가 진하게 끼쳐 왔다. 수리의 눈을 똑바로 쳐다보면서 이를 악물고 말했다.

"영업 방해하지 말고 가라."

“나랑 얘기 좀 해.”

수리가 슬쩍슬쩍 몸을 움직일 때마다 백처럼 어깨에 멘 검은 봉지에서 유리병이 부딪치는 소리가 났다. 술병을 몇 개나 처넣은 건진 모르겠지만 한쪽 어깨가 제법 기울어진 걸로 보아 빈 병은 아닌 것 같았다. 수류탄처럼 술병들을 가지고 오다니, 확실히 얘도 제정신은 아니었다. 난 금을 긋듯이 딱 잘라 말했다.

“난 너랑 할 얘기 없어.”

“난 있어.”

내가 누군지 잊었냐고, 너랑 나랑 무슨 할 얘기가 더 남아 있냐고 쏘아 주려는 찰나, 멀리서 순찰차가 다가오는 게 보였다. 평소에 잘 오지도 않는 이곳까지 경찰들이 행차한 걸 보니 누가 신고를 한 게 분명했다. 경찰이 확성기로 뭐라고 하기도 전에 노숙자가 제일 먼저 도망갔다. 노숙자는 바닥에 벗어 둔 내 점퍼 주머니에서 자신의 전 재산을 꺼내서는 전설의 주자 칼 루이스보다 더 빠르게 도망쳐 버렸다. 뭐라고 항의할 새도 없이 벌어진 일이었다.

하지만 그깟 돈에 연연할 때가 아니었다. 나도 재빨리 점퍼와 엠피스리를 챙겨 냅다 뛰었다. 어느새 내 옆으로 수리가 치고 나오더니 저만치 달려갔다. 수리는 벌새처럼 작고 날랬다. 술병을 담은 봉지는 내팽개쳤는지 보이지 않았다. 그런데 수리 다리가……. 아까는 어둠 속에 있어서 몰랐는데 가로등 아래로 나오자 수리의 모습이 훤히 드러났다. 수리는 한겨울인데도 반바지 차림이었다. 게다가 오른쪽 다리는 예전의 그 나무다리가 아니었다. 하지만 상황이 급박한지라 제대로 살필 여유가 없었다. 순찰차가 계속 쫓아오고 있었으니까.

숨차게 달려서 다세대 주택들이 늘어선 골목으로 들어간 수리가 갑자기 어떤 집으로 들어가더니 담장 안쪽에 납작 엎드렸다. 나도 수리를 따라 그 옆에 가오리처럼 엎드렸다. 순찰차는 골목을 꺾는 순간 갑작스레 사라진 우리를 찾는지 천천히 차를 몰며 지나갔다. 나는 세차게 뛰는 심장 소리가 들릴까 봐 가슴 부근을 꾹 눌렀다. 수리도 나를 따라 했다. 경찰들은 따뜻한 차 안에서 나오는 게 귀찮았는지 그대로 골목길을 빠져나갔다.

우리는 혹시라도 순찰차가 다시 돌아올까 봐 그대로 있다가 한참 후에야 몸을 일으켰다. 수리가 먼저 일어났다. 긴장한 탓에 얼굴이 딱딱하게 굳어 있었다. 나는 바지 뒷부분을 털고 일어난 뒤 수리를 빤히 쳐다보며 물었다.

"넌 왜 뛴 거야? 설마 아직도 도망 다니는 중이야?"

문득 병원에서 간호사에게 꼬치꼬치 캐묻던 경찰의 말이 떠올라서 던진 말이었다. 그동안 수리가 골목길에 주차된 차들을 테러하고 도망친 게 한두 번이 아닌 모양이었다. 그러다 병원에 실려 가는 바람에 모든 게 백일하에 드러나 버렸고.

그런데 수리 입에서 나온 말은 뜻밖이었다.

"그건 아니고. 다시 경찰서 들락거리면 이 치타 다리를 뺏길 수도 있으니까. 근데 날 봤을까? 봤겠지? 문제 생기면 곤란한데……. 아,

씨, 그냥 가는 건데 괜히 끼어들어 가지고."

나는 그제야 수리의 다리를 자세히 보았다. 보통 의족은 사람 다리를 흉내 냈는데 그런 건 개나 주라는 듯이 수리의 오른쪽 다리는 지구인과는 다른, 흡사 외계인의 다리처럼 보였다. 미래에서 온 다리 같기도 했고.

"그 웃긴 다린 또 뭐야?"

난 얼굴을 구긴 채 퉁명스럽게 쏘아 주었다.

"이거? 어마어마하게 비싼 몸이시지. 믿기 어렵겠지만 네 '덕분'에 얻은 거야."

수리는 복지관에서 마라톤 완주를 약속하고 받은 다리라며 그간의 이야기를 해 주었다. 나와 공사장에서 헤어지고 이틀 후, 수리는 경찰서에 제 발로 찾아갔다. 그리고 판사의 아량으로 동네 차들을 무지하게 긁고 타이어를 구멍 낸 죗값을 복지관에서의 봉사로 채우라는 명령을 받았다.

하지만 불편한 다리 때문에 복지관에서 할 수 있는 일이 별로 없었다. 노인들 목욕이나 부축을 해 주려고 해도 자칫 다리에 힘을 잘못 줘서 같이 넘어지면 큰 사고로 번질 수 있었기 때문이다. 그래서 거동이 불편한 이들에게 식사 봉사를 한다든지 하는 소소한 것만 하다 보니 시간을 채우기가 만만치 않았다.

당시의 암담함이 떠오르는지 수리의 얼굴이 연필로 검게 칠한 듯 급격히 어두워졌다. 이야기는 중간을 건너뛰고 갑자기 결말로 치달았다. 어쨌든 봉사 활동을 하던 복지관에서 익명의 재력가에게서 후원을 받아 달리기를 할 수 있는 새 다리를 얻었다는 것이다.

"근데 내 덕분이라니, 비꼬는 거야?"

"뭐, 조금은. 그치만 따지고 보면 너 때문에 복지관에 가게 된 거니까 비꼬는 것만은 아니고."

뭐가 됐든지 간에 나와 상관없는 일이라는 생각이 들었다. 내가 지금 왜 얘랑 친구처럼 도란도란 얘기를 나누는 거지? 하는 생각도. 나는 아무 말 없이 집 밖으로 나와 바닥에 침을 뱉은 뒤 휘적휘적 걸었다. 곧이어 수리의 발소리가 따라붙었다. 저리 꺼지라고 발을 세게 굴러 보았지만 역시나 먹히지 않았다. 머리가 좋은 줄 알았더니 완전 돌이다. 도대체가 학습 능력이라는 게 없다. 저번에 분명히 내가 누구인지 말해 줬는데…….

하지만 뒤따라오는 그림자보다 더 신경 쓰이는 게 있었다. 바로 이다. 입 안쪽이 무지막지하게 아팠다. 어금니가 흔들리는 것 같았다. 아, 영구치가 이러면 곤란한데. 사람은 영구치가 너무 빨리 나는 것 같다. 난 아직 내 인생에서 영구적인 무언가를 받아들일 준비가 안 되어 있는데. 영구치는 유치와 달라서 빠지면 새로 나지 않는다. 그냥 뻥 뚫린 채로 살아야 하는 것이다. 나는 검지를 입안에 넣어서 이가 괜찮은지 만져 보았다. 건드리는 것만으로도 아팠다. 얼굴을 확 구기자 수리가 날 빤히 보면서 물었다.

"사랑니야?"

이 고통이 충치거나, 아니면 하도 맞아서 그런 게 아니라 사랑니 때문이라고? 새로운 시각이었다. 난 불 꺼진 상가의 쇼윈도 앞에 서서 입을 크게 벌린 뒤 이를 하나씩 세어 보았다. 어? 그런데 개수가 이상했다. 다시 앞니부터 세어 보았는데도 마찬가지였다. 입을 더 벌려서 들여다보니 맨 안쪽의 어금니 일부분이 잇몸에 덮인 채 아직 나고 있는 중이었다. 이가 많다는 건 진화가 덜 된 거라는 글을 덮고 자던 신문에서 본 적이 있다. 그렇다면 사랑니는커녕 아직도 어금니가 나고 있는 나는 진화된 인간인 건가? 진화된 노숙자라니…… 꼭 말장난 같다.

내가 이를 유심히 보는 사이에 편의점에 가서 술을 사 온 수리가 대뜸 맥주를 내밀었다. 아프면 마시라는 것이었다. 술에 취하면 감각이 무뎌지니까. 내가 거부하자 수리가 캔을 따서 한 모금 마시고는 다시 나에게 내밀었다. 독극물 같은 거 안 탔으니까 안심하라면서. 기가 막혀서 그냥 수리를 무시하고 다시 걷기 시작했다. 수리는 금붕어 똥처럼 쫓아오며 물었다.

"설마 술 못 마셔?"

"술을 안 마셔도 내 몸속엔 술이 흘러. 빌어먹을 유전의 법칙이지."

"아."

수리는 알아들었다며 고개를 끄덕였다. 내 말의 의미를 자신이 알고 있는 파란 집 사건과 엮어서 재구성하는 것 같았다. 나는 수리를 떨쳐 낼 생각으로 퉁명스럽게 물었다.

"하고 싶은 얘기가 뭐야?"

"너, 왜 그렇게 맞고 다녀?"

예상했던 질문이어서 대답 대신 다른 질문으로 맞받아쳤다.

"그러는 넌 왜 못으로 긁었는데?"

내 질문에는 '무엇을'에 해당하는 목적어가 빠져 있었다. 수리는 차도 긁었고 자신의 몸도 긁어 댔다. 다시 정확하게 물으려는데 수리가 눈도 깜빡이지 않고 곧바로 대답했다.

"싫으니까."

짧고 명쾌한 대답 뒤에 이어지는 침묵은 앞선 말을 더욱 무겁게 만들었다. 난 수리의 대답이 의미하는 걸 곰곰이 생각해 보았다. 수리는 교통사고 때문에 모든 일이 꼬이기 시작했다고 생각할 테니까 차를 싫어하는 건 이해가 되었다. 그런데 차가 아니라 자기 자신이 싫다는 의미라면……, 도대체 왜?

생각이 깊어지려는 찰나, 수리가 아까 나에게 한 질문을 되풀이했다. 왜 맞고 다니냐고. 난 대답해야 했다. 이건 마치 탁구 같은 거다. 공을 주고받듯이 질문과 대답을 주고받아야 공평한 게임이 된다. 이젠 내 차례였다.

"첫 번째 원칙이거든."

수리는 고개를 갸웃하면서 날 쳐다보았다. 내가 정한 원칙을 엄마가 아닌 다른 누군가에게 말한 건 처음이었다. 엄마와 달리 수리는 내 이야기를 주의 깊게 들었다. 누군가가 내 말에 집중하고 있다고 생각하자 무지 긴장되었다. 난 부러 수리를 보지 않고 말을 이었다.

"죽어도 때리지 않기. 그게 첫 번째 원칙이야."

수리는 여전히 나를 보고 있었다. 왼쪽 뺨에 들러붙은 끈덕진 시선이 느껴졌다.

"두 번째 원칙도 있어?"

"어."

"설마 그게, 술 마시지 않기야?"

독심술사인가? 한 번에 맞추다니. 깜짝 놀랐지만 대답하지 않았다. 수리는 그럴 줄 알았다는 듯이 고개를 끄덕이며 또 물었다.

"세 번째는 뭐야? 날 괴롭히기? 복수하기?"

"넌 내 인생의 원칙에 들어갈 만큼 중요하지 않아."

"거짓말. 내 말이 맞잖아. 그러니까 내 앞에서 일부러 네가 망가지는 모습을 시위하듯이 보여 준 거 아니야? 네 번째도 있니? 다섯 번째는 뭐야?"

난 더 이상 수리를 상대하고 싶지 않아서 빨리 걷기 시작했다. 수리가 다리를 재게 놀려서 따라왔다. 잠시 후 쿵 하고 넘어지는 소리가 났다. 맥주는 진즉에 다 마시고 새로 소주병을 따려다가 걸음이 꼬인 모양이었다.

몸에서는 술 냄새가 나도, 말할 때 입에서는 술 냄새가 심하진 않았는데……. 낯빛도 하얗기만 하고. 혹시 술을 마실수록 얼굴이 하얗게 질리는 타입인가? 멀쩡한 척하고는 있지만 정말 멀쩡한 걸까? 저러다가 길에서 픽 쓰러지기라도 하면? 머리가 복잡해졌다. 난 귀찮은 상황을 방지하기 위해 수리에게서 소주병을 빼앗았다.

"도대체 술을 어떻게 산 거야? 미성년자가. 그것도 편의점에서."

"전에 가짜 쯩 만들어 둔 거 있거든. 너도 필요해?"

"필요하면 내가 구해. 너한테 부탁할 일 없어."

"뭐, 그러시든지."

수리는 소주병을 도로 가져가려고 손을 내밀었다. 나는 소주병을 머리 높이 쳐들었다. 수리의 손이 닿을 수 없는 높이였다. 수리는 껑충 뛰려다 말고 자신의 오른쪽 다리를 내려다보았다. 다리가 충격을 얼마나 감당할 수 있는지 가늠해 보는 것 같았다. 그러고는 팔짱을 끼고 날 빤히 보면서 말했다.

"못 본 척해 줄게. 그냥 마셔. 원칙 따윈 개나 줘 버리고."

"나 먹자고 이러는 거 아니거든? 그리고 다시 말하지만 내 원칙은 너랑 아무 상관 없어."

"그럼 날 찾아온 이유가 뭐야? 그날이 처음 아니지? 그동안 늘 누군가 멀리서 날 지켜보는 것 같다는 느낌이 있었어. 내 망상인 줄 알았는데, 너였어. 맞지?"

난 아무 말도 할 수 없었다. 사실이니까.

"내 원칙은 너랑 관계없다니까. 세 번째는…… 빌어먹을 집에 집착하지 않기야."

수리는 일시정지 버튼을 누른 것처럼 순식간에 얼어붙었다. '빌어먹을, 집, 집착' 이 세 단어 중에서 무엇이 수리를 멈추게 한 건지 모르겠다. 수리가 가까스로 침묵을 깨고 다시 말했다. 목이 꽉 잠겨 쉿소리가 났다.

"난 네가 맞는 거 싫어."

"왜?"

"싫으니까."

대체 나보고 뭘 어쩌라는 건지 알 수 없었다. 설마 나한테 투정 부리는 건가? 내가 누군지 까먹었나? 나는 왜 여기서 이 애랑 이런 대화를 나눠야 하는 거지? 갑자기 짜증이 훅 치밀어 올랐다. 나는 싫은 티를 팍팍 내면서 삐딱하게 말했다.

"그럼 날 보러 오지 마. 내가 뭘 하든 너랑 무슨 상관인데?"

"네가 지금 이렇게 사는 거, 나랑 눈곱만큼도 관계없다고 말할 수 있어? 그런 거라면 그날 나한테 네 정체를 밝히지도 않았겠지. 이참에 확실하게 말할 테니까 잘 들어. 네가 그렇게 밖에서 처맞다가 뒈지기라도 하면 그거 내 책임이잖아. 네가 잘되든 잘못되든 네 말처럼 나랑은 상관없어. 근데 뭐가 됐든 네가 하는 행동의 이유가, 아주 조금이라 해도 나 때문인 건 싫다고. 그러니까 제대로 좀 살라고!"

나는 수리를 뚫어져라 쳐다보았다. 수리의 눈가가 젖어 있었다. 웃기지 말라고, 네가 뭔데 내 앞에서 감히 그런 말을 하는 거냐고, 그럴 자격이나 되냐고 화를 내고 싶은데, 말이 단단한 돌덩이가 되어 가슴에 얹혀서 올라오지 않았다. 심장이 뜨겁게 뛰었지만 들키고 싶지 않아 최대한 차갑게 말했다.

"나에 대해서 아는 척하지 마. 너도 스스로를 어쩌지 못해서 못으로 온몸을 긁어 댄 주제에."

수리는 숨을 크게 들이마시더니 눈을 크게 뜨고 고개를 뒤로 젖혔다. 잠시 후 고개를 숙이면서 혼잣말하듯이 중얼거렸다.

"맞아. 나도 내 자신을 어쩌지 못해서 그 모양이었지. 하지만 더는 그래선 안 돼. 약속했으니까. 너도 원칙을 세웠다고 했지? 그래, 원칙을 지키면서 사는 것도 나쁘지 않지. 근데…… 그게 네가 진짜 원해서 세운 원칙이야? 그래?"

"……."

"잘난 척하지 마."

"뭐? 잘난 척?"

"그래, 잘난 척. 그거 나도 해 봐서 잘 알아. 난 이제껏 아빠 면회도 안 갔어. 아, 한 번 갔다. 네가 나한테 파란 집 생존자라고 밝힌 뒤에 바로. 아빠한테 상황을 왜 이렇게 거지같이 만든 거냐고, 내가 얼마나 힘든지 아냐고 따지려고 갔어. 근데 못 만났어. 그냥, 조금이라도 곁이 보이면 들러붙어. 더 늦기 전에. 잘난 척 그만하고."

수리는 암호 같은 말을 남긴 채 뒤돌아서 뛰어갔다. 혼자 남겨진 나에게는 수리에게서 빼앗은 소주병만 덩그러니 남아 있었다. 나는 점퍼 주머니에 소주병을 쑤셔 넣었다. 수리는 왜 술을 산 걸까? 그리고 그걸 왜 굳이 내 앞에서 마신 걸까? 혹시 맨 정신으로는 할 수 없는 이야기를 하려고 그런 걸까? 그래서 뭐. 날 바른길로 인도하려고? 누가 누구보고 제대로 살라는 거야!

나는 홧김에 술을 마시려고 소주병을 꺼내어 뚜껑을 돌렸다. 딱 소리가 나면서 뚜껑이 빙그르르 돌았다. 하지만 그대로 손을 멈추고 수리가 사라진 곳을 보았다. 고작 수리 때문에 내 원칙을 깨진 않을 것이다. 수리는 나한테 아무것도 아니니까.

2

태범

늦은 밤이었지만 돌아갈 곳이 없었다.

그래서 또 지하도로 갔다. 다행히 한 자리가 비어 있었다. 빈 박스를 펼쳐서 바닥에 길게 깔았다. 모서리를 맞추거나 냉기를 막기 위해 벽에도 박스를 세워 둘 생각도 않고 그대로 쓰러져 버렸다. 누웠지만 잠이 오지 않았다.

아까 들은 수리의 말이 가슴에 얹혀 있었다. 수리에게 따져 묻고 싶었다. 들러붙으라니, 도대체 누구에게? 어디에? 네 일 아니라고 그렇게 쉽게 말하는 거 아니라고 쏘아붙이고 싶었지만 수리는 내 앞에 없었다.

억지로라도 잠을 좀 자야겠기에 눈을 감았다. 그러나 예기치 못한 주변의 소음 때문에 쉽사리 잠들 수 없었다. 건너편에서 방정맞은 소리가 계속 났기 때문이다. 누가 저렇게 시끄럽게 방귀를 뀌어 대나 싶어서 고개를 빼들고 보니, 유난히 체격이 좋은 노숙자가 누워 있었다. 자세히 보니 점퍼 위아래로 희끄무레한 무언가가 혀를 내밀고 메롱하는 것처럼 튀어나와 있었다. 나는 눈을 가늘게 뜨고 정체불명의 그것을 가만히 쳐다보았다. 그때 옆에 누워 있던 할아버지가 가려운 데를 긁어 주는 효자손처럼 묻지도 않았는데 나서서 알려 주었다.

"뽁뽁이를 점퍼 안에 두르고 자는 거야. 거, 얼마 전에 테레비에서 뽁뽁이가 추위 막는 데 좋다고 방송 탔잖아. 요즘 저게 영등포 스타일이라니까."

노숙자가 돌아누울 때마다 장난감 차가 경적을 울리는 것처럼 뽁뽁이가 터지는 소리가 났다. 이상하게 신경에 거슬렸다. 한참이 지난 후 뽁뽁이가 다 터졌는지 좀 잠잠해지려는데 이제는 옆에 있던 할아버지가 말썽이었다. 할아버지는 낡은 칫솔 모처럼 생긴 눈썹을 움직거리며 나에게 치근덕거렸다.

"왜요?"

얇은 가을 점퍼를 입은 할아버지는 허공에다 대고 작은 잔을 쥐는 시늉을 하더니 손목을 탁 꺾었다. 그제야 내 점퍼 주머니에서 고개를 빼끔 내밀고 있는 소주병이 생각났다. 할아버지의 눈에 소주병이, 컴컴한 우주에서 본 초록 별처럼 영롱하게 박혀 있었다. 추워서 잠이 안 오니 술을 좀 나눠 달라고 했다.

자세히 보니 저번에 서울역 안에서 술병을 갖고 있으면 손에 장을 지진다며 역 관리자와 실랑이를 벌이던 할아버지였다.

나는 만사가 귀찮아져서 먹고 떨어지라는 심정으로 소주병을 건넸다. 할아버지는 생명수라도 받은 것처럼 소주를 따서는 벌컥벌컥 들이켰다. 곧이어 몸을 부르르 떨더니 가슴을 툭툭 치며 말했다. 술을 얻어 마셨으니 뭔가 알려 주겠다는 투였다.

"내가 엄청난 거 하나 가르쳐 줄까? 한 번뿐인 인생에서 가장 값진 보물은 바로 여기 있는 거라, 이 말씀이야."

행복은 다 마음 먹기에 달렸다는 뻔한 이야기겠지 싶었는데, 할아버지는 씨익 웃으면서 점퍼의 가슴 주머니 안에서 복권을 꺼냈다. 총 열 장이었다. 할아버지는 달뜬 목소리로 말을 이었다.

"이게 당첨되면 얼만 줄 알아? 무려 일 억이야, 일 억!"

억 소리에 뇌세포가 우왕좌왕하는지 머리가 어지러웠다. 그 돈이면 평생 엠피스리 건전지 걱정은 안 해도 되겠지? 침착한 척하려고 했지만 서울역을 한 바퀴 돈 것처럼 가슴이 뛰기 시작했다. 내 입이 저절로 움직였다.

"당첨되면 반띵."

할아버지의 얼굴이 충격에 휩싸여 흡사 구겨진 종이 같아 보였다. 어찌나 노골적인 표정인지, 나는 싫으면 됐다며 소주병을 다시 가져오려고 손을 뻗었다. 할아버지는 필사적으로 소주병을 붙잡았다. 침묵이 흘렀다. 잠시 후 할아버지는 마지못해 고개를 끄덕였다.

"콜."

할아버지는 신세대였다. 어쩌면 할아버지는 내가 생각하는 것만큼 늙지 않았을지도 모른다. 오랜 노숙 생활로 고생을 많이 해서 겉늙어 보이는 걸 수도 있었다. 이거든 저거든 부럽다. 늙어 버리면 더 이상 그 누구도 희망을 걸지 않을 테니까. 넌 아직 젊잖아, 어린데 벌써부터 그러면 어떡해, 하는 식의 충고는 싫다. 할아버지의 모습이야말로 내가 정말 바라는 거다.

할아버지는 남은 소주를 원샷한 후 손톱으로 복권을 살살 긁었다. 잠시 후 할아버지의 칫솔 눈썹이 지렁이처럼 꿈틀거렸다. 꽝이었다. 전부 다.

"오늘은 될 줄 알았는데."

난 그럴 줄 알았다며 박스 위로 풀썩 누워 버렸다. 포기가 빠른 게 내가 내세울 수 있는 가장 큰 장점이었다. 그러거나 말거나 할아버지는 쓰레기가 되어 버린 복권을 든 채 중얼거렸다.

"술도 공짜로 얻어먹고 그래서, 오늘은 진짜 다를 줄 알았다고……."

"당첨되면 뭐 하시려고요?"

"집 사야지."

할아버지는 당연한 걸 묻는다는 듯이 씨익 웃었다.

"집이 뭐라고 개나 소나 집, 집……. 지겨워, 진짜."

할아버지는 날 물끄러미 보더니 고개를 끄덕이면서 말했다.

"보아하니 나온 지 얼마 안 됐구먼."

난 대답 없이 냉랭하게 돌아누웠다. 하지만 할아버지는 지금부터가 시작이라는 듯 이야기를 풀어 놓기 시작했다. 슬슬 취기가 올라오는 모양이었다.

"나도 이렇게까지 바닥은 아니었어. 믿어지지 않겠지만 나한테도 방이 하나 있었거든."

뜨거운 군고구마를 후후 불어 가며 듣는 옛날이야기처럼 밑도 끝도 없는 이야기가 이어졌다. 지금으로부터 그리 멀지 않은 과거에 할아버지에게도 오롯한 공간이 있었다. 구리 전선처럼 무게가 많이 나가는 금속제 폐기물을 수집하던 때 그 친구를 알게 되었다고 했다. 그도 할아버지처럼 폐품을 팔아 생계를 유지했다. 할아버지는 친구와 나눠 쓰기로 하고 지하방을 얻었다. 없는 사람끼리 서로 돕고 살아야 한다는 생각이 그들을 친구로 만들어 주었다.

텅 빈 지하방에는 텔레비전 한 대만 덩그러니 놓여 있었다. 라면엔 양은 냄비가 잘 어울리듯이 햇빛도 들지 않는 지하방에는 텔레비전이 딱이었다. 해가 중천에 떠도 빛 한 자락 들어오지 않는 방이었지만 할아버지에게는 최고로 안락한 곳이었다. 더 이상 바랄 게 없다고 생각했다. 그러나 어느 날, 친구가 집을 나가 다시는 돌아오지 않았다. 집 보증금은 물론이고 할아버지의 장애 수당까지 다 털어서 사라져 버린 것이다.

지하방에서 쫓겨난 할아버지는 허름한 여관으로 갔지만 일주일도 버티지 못했다. 돈 때문이었다. 그 후에는 조금 더 싼 여인숙으로 옮졌다. 여인숙 화장실은 변기에 앉으면 벽과의 대화가 가능할 만큼 좁아터진 곳이었다. 여인숙에서 지낸 시간은 고작 사흘이었다. 그 뒤에는 하루 5천 원이면 묵을 수 있는 영등포 쪽방촌으로 갔다. 그곳에서 할아버지는 궤짝처럼 작은 방에 누워서 잠을 잤다. 이 시간이 후딱 지나가 버리길 바라면서.

"그게 벌써 일 년 전이네."

할아버지는 쉼표를 찍듯 말을 멈추었다. 이젠 조용히 잘 수 있겠다 싶어서 나는 숨을 크게 들이마셨다 내쉬었다. 하지만 할아버지는 그걸 내가 자기 얘길 잘 듣고 있다는 신호로 받아들였는지 자신이 그리는 하루에 대한 이야기를 시작했다. 지붕 있는 집 아래에서 따뜻한 겨울을 나는 꿈같은 하루에 관한 이야기가 파이(π) 3.14 뒤에 이어지는 숫자처럼 끝도 없이 계속되었다. 할아버지의 이야기가 차가운 내 몸을 이불처럼 덮어 주었다. 나는 스르르 잠이 들었다.

다음 날 아침, 졸음이 채 가시기 전에 놀라서 눈이 번쩍 떠졌다. 낯익은 사내가 내 신발을 벗기려고 했던 것이다. 눈에 힘을 주어 노려보자 사내는 아무렇지 않은 듯이 말했다.

"살아 있었네?"

사내는 태연하게 웃으면서 자리를 떴다. 나는 사내가 멀어진 뒤에도 긴장을 풀 수가 없어 얼른 일어나 앉았다. 사방에 날 뜯어먹으려고 기회를 노리는 야수들이 넘쳐났다. 제일 먼저 옷이 다 있나 살폈다.

자는 사이에 옷을 벗겨 간 것 같진 않았다. 윗옷을 들어 올려 배도 훑어보았다. 내장도 멀쩡히 다 있는 것 같았다. 이거면 됐지, 뭐.

그런데 문득 쐐한 느낌이 들었다. 점퍼와 바지 주머니를 다 뒤져도 엠피스리가 없었다. 사내가 가져간 것 같았다. 어젯밤에 순찰차를 피해 급하게 도망치면서 공사장에 떨어뜨렸을 수도 있지만 왠지 사내가 의심스러웠다. 그러나 사내는 이미 가 버린 후였고 나에겐 쫓아갈 배짱도 없었다. 나는 최대 장점을 발휘해 엠피스리를 깨끗하게 포기할 수밖에 없었다.

날이 밝아 오는지 지하도 끄트머리에서부터 빛이 비쳐들고 있었다. 하나둘 자리에서 일어난 노숙자들이 자신의 자리를 정리했다. 나도 추위에 웅숭그리고 자느라 온몸이 뻐근해서 목을 좌우로 돌리며 몸을 풀었다. 그러고는 일어나려고 보니, 신문지 더미가 내 쪽으로 다와 있었다. 내가 옆에서 자는 할아버지의 것까지 가져온 것 같았다. 어쩌면 할아버지가 술김에 신문지를 차 버렸을 수도 있고. 할아버지는 자면서 많이 뒤척였는지 내 옆에 바투 붙어 있었다. 그냥 내버려두면 수리가 그랬듯이 껌딱지처럼 들러붙을까 봐 부러 퉁명스럽게 툴툴거렸다.

"담엔 좀 떨어져서 자요."

난 냄새나는 신문지를 할아버지 쪽으로 밀어낸 뒤 자리에서 일어났다. 내 자리를 정리하고 밖으로 나가려는데 뒤통수가 찌릿했다. 뒤돌아보니 발치에 할아버지가 숟가락처럼 엎어져 있었다. 할아버지

발에는 신발이 없었다. 아까 사내가 빼앗아 간 것 같았다. 발뒤꿈치에 구멍 뚫린 양말만 신고 있었다. 난 숨을 멈춘 채 할아버지를 내려다보았다. 소리도 움직임도 없었다.

할아버지는 죽어 있었다.

3

대범

파란 집은 폐가처럼 버려져 있었다.

나는 산으로 향하는 오르막길 한쪽 귀퉁이에 있는 집을 조금 떨어진 곳에서 뚫어져라 바라보았다. 군데군데 칠이 벗겨진 파란 지붕에서 눈을 뗄 수가 없었다. 주먹을 쥐었다 폈다 하면서 생각했다. 들어가야 한다, 들어갈 수 없다, 들어가자, 들어가지 말자, 들어가, 들어가기 싫다, 들어가면, 들어간다면……. 메트로놈처럼 박자를 맞춰서 생각이 이쪽저쪽으로 계속 움직이자 피로가 몰려왔다.

잠시 후 주먹을 꽉 쥐고 집 앞으로 다가갔다. 주위는 고요했다. 아까부터 지켜본 바로는 집 안에 아무도 없는 것 같았다. 불도 꺼져 있었고 사람이 움직이는 소리도 들리지 않았다. 주변에 오가는 사람도 없었다. 찬바람이 뺨을 날카롭게 스치고 지나갔다.

나는 가위질할 부분을 펜으로 그리는 것처럼 집 주변을 빙 돌아보았다. 집 뒤쪽에 있는 베란다의 창문이 열려 있었다. 나를 반기기 위해 열어 둔 것 같지는 않았다. 집 안에서 악취가 새어 나왔기 때문이다. 날씨가 제법 추운데도 악취 때문에 창문을 닫을 수 없었던 것이다. 나는 심해로 뛰어내리기 위해 절벽 끝에 선 것처럼 숨을 크게 들이마셨다. 그러고는 풀쩍 뛰어 창문을 타고 넘어 집 안으로 들어갔다.

오랜만에 집에 들어서면 그동안 누르고 있던 감정의 파도가 덮쳐오리라 예상했었다. 낯설다, 따뜻하다 등등의 복잡한 감정일 거라고, 예방주사를 놓듯 생각했었다. 하지만 집에 들어선 순간 나를 사로잡은 건 충격이었다. 밖에서는 집 안에 이토록 많은 물건들이 있으리라고는 상상도 못 했는데, 물건들이 여기저기에 탑처럼 높이 쌓여 있었다. 물건 탑 사이사이에 난 빈 공간들은 온몸을 타고 도는 핏줄처럼 사방으로 퍼져 있었다. 미로 같았다. 미로 속으로 걸음을 내딛을수록 숨이 막혀 왔다.

그때 현관문이 열리면서 발소리가 이어졌다. 엄마가 마구잡이로 쌓인 물건들 때문에 집 안으로 들어오는 데 애를 먹고 있었다. 엄마는 물건 탑에 가려진 내 존재를 아직 알아채지 못했다. 일단 생각할 시간을 벌기 위해서 몸을 숨길 곳을 찾아 주위를 두리번거렸다. 안방에 옷들을 무질서하게 쌓아서 만든 작은 산이 보였다. 나는 발뒤꿈치를 들고 안방으로 향했다. 일단 옷더미 안쪽으로 비집고 들어가 몸을 숨겼다.

잠시 후 엄마가 물건들을 옆으로 밀면서 집 안으로 들어왔다. 나는 헌 옷 수거함에서 꺼내 온 옷 보퉁이처럼 꼼짝 않고 있었다. 진짜 물건처럼. 그사이 엄마는 거실에서 부산스럽게 움직였다. 기분이 좋은지 콧노래까지 흥얼거리면서. 믿을 수 없게도, 물건을 정리하는 엄마의 모습이 무척 행복해 보였다.

옷 속에 파묻힌 채 가만히 있으려니 서서히 졸음이 밀려왔다. 어떻게 할지 생각해 보려던 계획은 어느새 뒷전으로 밀려났다. 엄마의 콧노래가 자장가처럼 귓속을 파고들었다. 나도 모르게 눈을 감았다. 너무 피곤했다. 그리고 옷 더미 속은 따뜻했다.

그렇게 얼마나 있었을까. 불현듯 엄마의 콧노래가 들리지 않았다. 불길한 기운에 살며시 눈을 떠 보니, 코앞에 엄마가 있었다. 엄마는 눈을 이리저리 굴리며 나를 쳐다보고 있었다. 난 그 상태로 얼어 버렸다. 달마대사 그림처럼 눈을 부릅뜬 채 정지. 눈을 깜빡이면 안 돼. 난 사람이 아니야. 물건은 눈을 깜빡이지 않아. 하지만 눈알이 타들어 가는 것 같았다. 곧이어 눈물이 줄줄 흘렀다. 마치 코피처럼 감정과는 아무 상관 없다는 듯이 눈물이 뺨을 타고 흘러내렸다.

하지만 착각이었나 보다. 엄마가 나를 보고 있다고 생각한 건. 잠시 후 엄마는 몸을 돌려 다시 거실로 나가 버렸다. 밖으로 나가지도 않고 그렇다고 나에게로 오지도 않았다. 그저 집 안 여기저기를 바쁘게 돌아다녔다. 방금 무슨 일이 있었냐는 듯이 엄마는 다시 물건을 옮기고 정리하는 일에 몰두했다. 난 그런 엄마를 멍하니 바라보았다. 아까 내가 물건인 척한 게 너무 리얼해서 깜빡 속았나? 그래도 그렇지, 내가 어딜 봐서…….

난 허탈한 표정으로 몸을 일으켰다. 쌓여 있던 옷들이 밀려나 바닥으로 쏟아졌다. 혹시 날 옷더미에 딸려 온 마네킹이라고 생각한 걸까? 하지만 내가 그렇게 조각처럼 잘생기지는……. 난 부끄러움을 털어내려고 뒷머리를 멋쩍게 긁적였다. 기왕 이렇게 된 거, 마네킹 같은 물건인 척하며 집에서 지내는 것도 나쁘지 않을 것 같았다. 눈을 계속 뜨고 있는 건 힘드니까 눈을 감고 있는 버전으로 할까? 마네킹 팔이 어떤 자세로 되어 있더라?

"부우욱."

내 위장이 눈치도 없이 엉덩이로 큰 소리를 밀어냈다. 나는 역한 냄새를 지우려고 오케스트라 지휘자처럼 양손을 격정적으로 휘저었다. 마네킹이고 로봇이고 간에 말짱 도루묵이었다. 제발 못 들었기를 바랐지만 엄마도 그 소리를 들었는지 거실 쪽이 잠잠했다. 어쩌지? 다시 옷더미 속으로 파고들려고 엉거주춤 자세를 잡는데 누가 바짝 다가온 느낌이 들었다.

나는 천천히 고개를 돌렸다. 아니나 다를까, 엄마가 눈을 똥그랗게 뜬 채 날 보고 있었다. '무궁화 꽃이 피었습니다.'를 외친 술래가 뒤를 돌아본 것 같은 침묵이 흘렀다. 엄마도 긴장했는지 꼼짝 않고 있었다. 이쯤 되니 누가 술래인지 모르겠다. 빨리 뭐라도 해야만 했다. 머리가 빛의 속도로 돌아가면서 눈은 화살표 커서로 찍어 대는 것처럼 집 안

곳곳을 탐색했다.

고물이나 쓰레기라고 부를 법한 물건들이 지나치게 많이 쌓여 있긴 해도, 여긴 명색이 집이었다. 올겨울은 17년 만에 찾아온 기록적인 한파라고 난리인데, 그래도 난 지금 집 안에 있는 것이다. 밖이 얼마나 추운지 알잖아. 그리고 그 추위가 얼마나 잔인한지도.

지하도에 숟가락처럼 엎어져 있던 할아버지의 모습이 다시금 내 망막을 덮쳤다. 세헤라자데처럼 이야기를 끝없이 늘어놓아도, 몸을 뜨겁게 한다는 소주를 아무리 들이부어도, 밖에서는 추위로부터 숨을 곳이 없었다. 그러니 기필코 집 안에서 버텨야만 했다.

그런 생각을 하고 있는데, 갑자기 목덜미에 차가운 무언가가 스윽 닿는 느낌이 들었다. 죽은 영혼이 주변에 있으면 갑자기 몸이 으스스 추워진다는 얘길 들은 적이 있다. 그런 미신 따위를 믿진 않았지만 이곳은 파란 집이었다. 어떤 일이 일어난다고 해도 놀랍지 않은 곳이었다. 나는 엄마의 얼굴을 쳐다보았다. 내 뒤에 있는 존재가 무엇인지 추측이라도 해 보려고. 그런데 엄마는 꿈꾸는 듯한 표정이었다. 엄마를 저런 표정으로 만들 수 있는 건 이 집에서 하나밖에 없는데 설마…….

나는 뻣뻣하게 굳어서 가까스로 뒤를 돌아보았다. 하지만 거기엔 아무것도 없었다. 잊고 있던 슬픔이 묵직하게 밀려왔다. 내 목덜미에 닿았던 차가운 것의 정체는 눈이었다. 열린 창문으로 눈이 들이치고 있었다. 그 순간, 온몸을 조이고 있던 긴장이 풀리면서 마음이 불에 구운 마시멜로처럼 녹아내렸다.

"오늘이 무슨 날인 줄 알아요?"

난 달력이 없어도 오늘이 무슨 날인지 알 수 있었다. 게다가 하늘에서는 눈까지 내리고 있었다. 나는 엄마에게 온 특별한 선물이라는 듯이 유쾌하게 말했다.

"메리 크리스마스."

엄마의 눈가가 움찔거렸다. 크리스마스라는 말이 엄마의 기억 스위치를 건드렸던 것이다. 난 엄마가 과거의 어느 시점에 가 있는지 알 수 있었다.

아주 오래전, 이 집에 와서 처음 맞이한 크리스마스였다. 남자가 직접 구해 온 크리스마스트리는 너무 커서 난쟁이 집에 들어온 거인처럼 거실을 독차지해 버렸다. 거대한 트리 때문에 화장실을 가려면 몸을 납작하게 만들어 트리를 비켜 가야 했다. 그래도 누구 하나 불평하지 않았다. 이 집에 와서 가족과 함께 맞는 첫 크리스마스였으니까.

트리에 꼬마전구를 감고 마트에서 사 온 장식까지 달았지만 모두 그 앞을 떠나지 못했다. 마지막 의식이 남아 있었기 때문이다. 트리 꼭대기에 앙증맞은 천사의 날개를 올려놓아야 했다. 동생이 고개를 들고 말했다.

"천사 날개는 나래가 달고 싶어."

나는 입을 비죽거렸다. 장자로서의 권리까지 주장하려는 건 아니었지만 그래도 한 번쯤은 나도 폼 나는 걸 하고 싶었다. 트리 꼭대기에 천사 날개를 올려놓는 게 별거 아닌 것 같아 보여도 그때 난 아홉 살이었다. 아홉 살에게 그건 대단한 일이었다. 물론 여섯 살인 동생에겐 그 일이 우주를 통치하는 것과 맞먹는 거였고.

"맨날 좋은 건 다 네 차지지?"

"나래 이름이 순우리말로 날개라고 아빠가 그랬어. 그지, 아빠?"

동생은 불리하다 싶으면 남자를 끌어들였다. 그렇게 따지면 나에게도 든든한 지원군인 엄마가 있었다. 엄마도 물론 동생을 예뻐했다. 하지만 나에게는 엄마가 나랑 보낸 시간이 동생이랑 지낸 시간보다 2년 8개월하고도 15일이 더 많기 때문에 날 더 좋아할 거라는 확신이 있었다. 난 엄마 옆으로 다가가 물었다.

"날개 얘기는 치킨 먹을 때만 그런 거잖아. 그지, 엄마?"

엄마가 뭐라고 대답하기 전에 동생이 성마르게 끼어들었다.

"아! 치킨, 치킨! 아빠, 우리 이거 달고 치킨 시켜 먹자."

"엄마가 만들어 줄게. 태범인 양념 좋아하지?"

남자는 고생스럽게 언제 닭을 사서 튀기냐며 오늘은 우리도 기분 좀 내자면서 한 마리 시키라고 했다. 자기가 쏘겠다면서. 그러고는 나래를 호기롭게 번쩍 안아 올렸다. 또래보다 몸집이 작은 편인 나래는 가벼워서 쉽게 들렸다. 나래는 남자의 품에 안겨서 크리스마스트리 꼭대기에 천사 날개를 꽂았다.

곧이어 박수가 터졌다. 엄마가 가장 열렬하게 박수를 쳤고, 나는 불편한 심기를 팍팍 드러내면서 치는 둥 마는 둥 손바닥을 맞부딪쳤다.

엄마가 날 뒤에서 껴안으면서 내 손을 붙잡아 박수를 짝짝 치게 했다. 난 심벌즈를 치는 원숭이 흉내를 내며 과장되게 박수를 쳤다. 그 모습을 본 나래는 질 수 없다고 생각했는지 남자와 한 손씩 맞부딪치며 박수를 쳤다. 남자는 환하게 웃었다. 그랬었다. 이 집에도 그런 동화 같은 순간이 있었다.

나는 가만히 기다렸다. 방금 엄마에게 아무 말이나 지껄인 게 아니었다. 수많은 기억 중에서 가장 행복했던 한때를 떠올릴 수 있게 한 것이다. 심장이 두근거렸다. 엄마는 기억이 돌아왔을까?

엄마는 나를 뚫어져라 보았다. 나라는 사람이 여기에 있다는 걸 인지한 것이다. 그러고는 한참 후 첫 마디를 건넸다.

"누구……세요?"

나는 엄마를 보았다. 엄마도 나를 보았다. 엄마를 잠시 흔들었던 기억은 바람처럼 스쳐 가 버린 것 같았다. 예전의 나였다면 화를 냈을 것이다. 왜 또 이러냐고. 엄마의 어깨를 붙잡고 소리를 질렀을 것이다. 제발 정신 좀 차리라고. 하지만 이제 난 열여덟이다. 나잇값을 할 나이다. 나는 원래부터 그러려고 했던 것처럼 느긋하게 말했다.

"고명희 씨죠? 새로 온 택배원입니다."

낯선 이의 등장에 긴장했던 엄마의 얼굴이 일순간에 확 풀어졌다. 나는 재기를 발휘해서 택배원인 척했지만 배달할 물건이 없었다. 그래도 일단 물건을 들고 있는 척했다. 엄마는 눈이 침침해서 잘 안 보이나 싶었는지 손등으로 눈을 연신 비볐다. 난 그 틈을 타서 엄청난 속도로 옆에 놓여 있던 상자를 들었다. 엄마는 상자를 보고는 고맙다고 고개까지 꾸벅 숙여 인사했다. 나도 맞절을 하듯 몸을 구부리며 상자를 건넸다. 엄마는 받아 든 상자가 너무 가벼워서 좀 놀란 표정이었다. 도대체 뭐가 들었는지 궁금한 듯 상자를 이리저리 흔들어 보았다.

엄마가 한눈을 파는 사이에, 난 물건 탑에 꽂힌 공책을 빼서 종이를 찢었다. 송장 같은 게 필요할 것 같아서였다. 그리고 옷더미 위에 내던져진 공책을 보지 못하도록, 서둘러 빈 종이를 엄마 코앞에 들이밀었다.

"여기 서명해 주세요."

"왜요?"

엄마의 갑작스러운 질문에 나는 찬물이라도 뒤집어쓴 것처럼 화들짝 놀랐다.

"어, 그러니까, 영수증이요. 물건을 잘 받았다는 서명이 들어간 영수증이죠."

"아, 네. 제가 정신이 깜빡깜빡해서요. 잠시만요."

엄마는 상자를 바닥에 내려놓고는 거실로 나가서 펜을 찾기 시작했다. 그사이에 난 바닥에 굴러다니는 짙은 회색 토끼 인형을 상자 속에 대충 쑤셔 넣었다. 그러고는 거실로 나가서 엄마가 나오기를 기다렸다. 잠시 후 엄마는 작은방에서 나오면서 또다시 죄인처럼 머리를 조아렸다.

"펜이 없네요. 죄송해요."

"아니요, 괜찮습니다. 다음에 서명 받으러 다시 올게요."

나는 허둥지둥 집 밖으로 나왔다. 택배원이 왜 안방에 있었던 것인지 엄마가 이상하다고 생각하기 전에 집에서 나와야 했다. 현관문으로 가는 동안 물건 탑을 쓰러뜨리지 않기 위해 숨까지 참고 조심스럽게 움직였다. 엄마가 상자를 열어 보는 소리가 들렸다. 거기에 맞춰서 내 걸음도 더 빨라졌다.

집 밖으로 나오니 칼바람이 얼굴을 때렸다. 하고 많은 것 중에서 택배원이라니, 가스 검침원이라고 할걸. 그럼 집 안에 더 오래 있을 수 있었을 텐데……. 뒤늦게 후회가 밀려들었다. 다시 계획을 짜야겠다.

난 변신의 귀재다.

그동안 택배원, 가스 검침원, 인구 조사원, 복음 전도사, 학습지 판매원, 정수기 판매원, 아랫집에 이사 온 청년, 새로 온 복지사 등 수많은 사람인 척하고 집으로 들어가 잠깐씩 몸을 녹였다. 다행히 엄마는 매번 속았다. 어제는 교회에 다니라면서 좋은 말씀을 전한 사람이 오늘 다시 와서 도를 아십니까? 하고 묻는 걸 이상하다고 의심하지도 않았다. 하지만 오래지 않아 레퍼토리는 떨어졌다.

이번엔 또 어떤 사람으로 변신해야 하나, 사양 낮은 컴퓨터가 겨우 돌아가는 것처럼 머리가 뜨거워졌다. 어차피 엄마는 기억도 못 하니까 대충 아무렇게나 둘러대도 될 테지만 왠지 내키지 않았다. 엄마를 대놓고 무시하는 것 같아서. 근데 이렇게 거짓말을 하기 위해 심혈을 기울이는 건 엄마를 덜 무시하는 걸까? 잘 모르겠다.

그때 엄마가 자전거를 끌고 마당으로 나왔다. 뒷바퀴에 구멍이 뚫린 고물 자전거였다. 자전거 바구니에 물건을 싣고 다니려고 며칠 전에 끌고 온 것이었다. 나는 엄마가 집을 나가자마자 잽싸게 안으로 들어갔다.

현관문 쪽 발치에 수도세 고지서가 떨어져 있었다. 무심코 보다가 깜짝 놀랐다. 수도세가 말이 안 될 정도로 많이 나왔던 것이다. 엄마가 물을 많이 마시거나 매일같이 목욕을 하며 펑펑 쓰느냐 하면, 그렇지도 않았다. 엄마는 비쩍 마른 데다 꼬질꼬질했으니까. 게다가 수도세가 밀린 지 꽤 되었는지 이게 마지막 경고장이었다. 지붕과 벽으로 이루어졌다는 것만으로 집이라고 하기에는 허술한 게 너무 많았다. 누울 공간도 부족할 만큼 쌓인 물건은 또 어떻고. 여긴 집이라기보다는 창고라는 표현이 더 어울릴 것 같다. 어떻게 해야 할까?

"이제 와서 뭘 어쩌겠다고."

나는 피식 웃고는 고지서를 구겨서 버렸다. 수도세니 전기세니 하는 것을 걱정하는 일 자체가 세 번째 원칙에 어긋났다. 그냥 될 대로 돼라. 나는 하늘에서 뚝 떨어진 똥처럼 안방에 철퍼덕 퍼져 버렸다. 순간 등에 뭔가 배겨서 보니 지난번에 택배원인 척한다고 뒷장을 뜯어낸 공책이었다. 동생의 일기장이었다. 나는 자세를 잡고 앉아 일기를 읽기 시작했다. 동생은 매일매일 자신이 얼마나 행복한지에 대해 쓰고 있었다. 스르륵 넘기다가 마지막 장에서 멈추었다.

7월 12일 화요일　　날씨 : 최고로 맑음

오늘은 행복했다.

엄마랑 아빠랑 오빠랑 밖에 나가서 사 먹었다. 불고기는 맛있다.

상추에 쌈을 싸면서 엄마가 말했다.

"나래가 엄마 닮아서 받아쓰기 백점을 맞아서 엄마 기분이 참 좋구나."

아빠가 말했다.

"좋은 건 늘 당신 닮았다고 하지."

엄마가 웃으며 말했다.

"대신에 태범인 당신 닮았잖아요."

사람들은 오빠와 아빠 얼굴을 보고 붕어빵이라고 한다.

난 붕어빵이 참 좋다. 빨리 겨울이 와서 붕어빵을 먹고 싶다.

나는 일기장을 서둘러 덮었다. 손끝이 파르르 떨렸다. 동생의 일기는 모두 거짓이었다. 집 안을 다시 휘둘러보았다. 물건들은 낯선 것들이 아니었다. 동생의 일기장 같은 게 숨은그림찾기처럼 기묘한 위치에 군데군데 박혀 있었다. 엄마가 거리에서 막 집어 온 것들과 집에 원래 있던 물건들이 마구 뒤섞여 있었다. 이런 것들이 집 안에 가득하다는 생각을 하자 점점 숨이 막혔다. 사방이 다 적이었다.

그때 밖에서 집으로 다가오는 발소리가 들렸다. 지금은 엄마를 마주 볼 자신이 없었다. 엄마가 오기 전에 베란다 쪽 창문으로 나가려고 발을 옮기는데 문소리 대신에 졸졸졸 물소리가 들렸다. 무슨 일인가 싶어서 창문으로 나가서 몸을 숨긴 채 마당을 살폈다.

마당에 낯선 사람들이 와 있었다. 혹시 구청 직원인가? 그래, 집에서 나는 냄새가 이렇게 심하니 항의든 신고든 들어갔겠지. 보나 마나 엄마는 주변의 항의를 무시했을 거고. 이러다가 집이 철거되는 건 아닐까? 그럼 엄마는 어떡하지? 머릿속을 떠도는 생각들이 최악의 상황으로 치닫고 있을 때 그들의 대화가 들려왔다. 구청 직원이라고 하기엔 뭔가 이상했다.

"혜윤이 엄마 왔구나. 접때 마트에서 보니까 혜윤이가 많이 컸던데."

"오랜만이에요. 동장님 얼굴이 더 좋아지셨네요. 먼저 받으세요. 전 시간 있어요."

대화를 들어 보니 생활용수를 담아 가려고 우리 집 마당으로 몰려온 것이었다. 엄마의 정신이 오락가락한다는 것은 비밀이 아니었다. 파란 집은 이 동네에서 공공의 밥 같은 존재였던 것이다.

얼마 지나지 않아서 엄마가 자전거를 끌고 집으로 돌아왔다. 난 벽에 붙어서 그들을 몰래 지켜보았다. 엄마가 등장하면 혼비백산해서 도망칠 줄 알았는데, 그들은 엄마가 오거나 말거나 신경도 안 쓰고 태연하게 물을 받았다. 엄마가 놀라서 물었다.

"누구세요?"

"아, 우린 수질 검사하는 직원이에요. 물 좀 담아가서 살펴봐야 하니까 신경 쓰지 말고 안에 들어가서 일 봐요."

그들의 입에서 거짓말이 자연스럽게 흘러나왔다. 내가 그랬던 것처럼.

"네, 고맙습니다. 수고하세요."

엄마는 꾸벅 인사까지 했다. 그들은 엄마를 무시한 채 자기들끼리 쑥덕거리면서 물통을 수도꼭지에 바짝 갖다 대었다. 엄마는 자전거 바구니에 담긴 물건들을 집 안으로 옮기기 시작했다. 남의 집 쓰레기통이라도 뒤진 건지 바구니에는 쓰레기로 보이는 것들이 한가득이었다. 도대체 엄마는 왜……. 나도 모르게 숨이 거칠어졌다. 나는 용수철에서 튕겨 나가는 것처럼 마당으로 튀어 나갔다.

"그거 내려놔요."

화를 억누르느라 목소리 끝이 좀 떨렸다. 물을 받고 있던 아줌마는 대관절 댁은 누군데 끼어드는 거냐고 새된 목소리로 물었다. 나는 턱을 한껏 치켜들고 되받아쳤다.

"이 집 아들이다, 왜! 그거 당장 내려놓으라고!"

아줌마는 움찔 놀라서 옆에 선 동장이란 아줌마를 쳐다보았다. 배에 타이어를 끼워 넣은 듯 뱃살이 빵빵한 동장 아줌마는 어디서 들은 게 있는지 당당하게 말했다.

"저 아줌마 가족 다 죽고 혼자라던데 아들은 무슨. 뒤에서 나오는 걸 보니까 뭐 물건이라도 훔치려고 들어왔나 본데 피차 못 본 척합시다."

나도 모르게 주먹을 꽉 쥐었다. 피가 거꾸로 도는 것 같았다. 나는 바람처럼 달려가 아줌마의 멱살을 틀어쥐었다. 그런데 비명은 뒤에서 들렸다.

"사, 사람…… 살려요."

엄마가 두려움에 벌벌 떨면서 날 보고 있었다. 그 말과 눈빛에, 피가 차갑게 식으면서 심장이 발끝으로 툭 떨어졌다. 엄마가 무얼 보고 있는지 나는 안다. 왜 그런 말을 하는지도. 나는 아줌마의 멱살을 풀어 주면서 낮은 목소리로 으르렁거렸다.

"당장 이 집에서 나가. 경찰 부르기 전에."

"뭐, 뭐야. 누군 경찰 못 부를 줄 알고……."

아줌마들은 꽉 찬 물통을 들고 뒤뚱거리며 도망갔다. 난 그들의 뒤통수에다 대고 또 오면 가만두지 않겠다고 으름장을 놓았다.

그들이 떠난 뒤에도 엄마는 벌벌 떨고 있었다. 기억이 흐려졌어도 엄마의 몸은 아직 기억하고 있었다. 폭력에 무방비로 노출되었을 때 뼈와 살이 얼마나 아팠는지를. 내가 다가가려고 하자 엄마는 소스라치게 놀라면서 뒤로 물러섰다. 난 엄마를 진정시키려고 항복하듯이 두 팔을 들고 그 자리에 서서 말했다.

"아니야, 엄마가 생각하는 그런 거 아니야. 안 때려. 난 절대로 안 때려."

하지만 엄마는 '때린다'는 단어만 들리는지 소금을 맞은 달팽이처럼 몸을 움츠렸다. 나는 한 걸음 더 뒤로 물러섰다.

"아까 그 사람들 나쁜 사람들이야. 엄마가 정신이…… 그런 걸 알고 이용해 먹는 사람들이라고. 왜 그 사람들한테 들킨 거야. 그리고 이 동네 사람들은 어디까지 아는 거야? 엄마가 그런 줄 알면 도와주진 못할망정……. 물은 그렇다 쳐. 근데 집 안에 물건들은 다 뭐야? 왜 저렇게 쌓아 둔 건데?"

금이 간 둑에서 물이 새어 나오듯이 가둬 두었던 말들이 터져 나왔다. 그러나 엄마는 두 손을 꼭 모으고만 있었다. 살려 달라고 나에게 빌고 있는 것 같았다. 그마저도 손이 너무 얼어서 비비는 게 안 되는지 꼼짝도 못 하고 그 자세로 웅크리고 있었다. 그런 엄마의 모습이 내 두 눈에 아프게 박혔다.

"가자. 이 집 말고, 우리 어디든 가자."

나는 엄마의 손을 잡으며 말했다. 엄마는 불에 덴 것처럼 화들짝 놀라서 자신의 손을 빼냈다. 그러고는 몸을 돌려 자전거 바구니에 담긴 물건들을 가로막고 섰다. 그것들이 엄마의 가족이라도 되는 것처럼 보호하려고 했다.

"제발 아무것도 가져가지 마세요. 손대지 마요."

엄마는 애원했다. 내가 바란 건 이런 게 아니었다. 엄마를 힘들게 하려던 건 결코 아니다. 하지만 엄마의 기억을 언제까지고 봉인해 둘 수는 없다. 곪은 상처는 째야 한다. 그대로 두면 썩을 테고 구더기가 들끓을 것이다. 나는 마음을 다잡고 물었다.

"언제부터 이 집에 살았어요?"

"2, 2007년에 이사 왔어요."

엄마는 정확히 기억하고 있었다. 그렇다고 안심하기엔 일렀다. 두려움에 찬 시선을 보아하니 아무래도 엄마는 나를 강도로 보고 있는 것 같았다. 묻는 말에 성실하게 대답하면 내가 사라져 줄 거라고 생각하는 듯했다. 못 견디게 쓸쓸해졌지만 여기서 멈출 순 없었다. 나는 상처에 소독약을 바르듯이 계속 물었다.

"저 지붕은 누가 칠했어요?"

"애들 아빠가요."

손바닥에 땀이 솟았다. 엄마의 기억이 조금씩 메워지고 있었다.

"집 안에 물건들이 많던데, 그건 다 뭐예요?"

"그건…… 애들 줄 거예요."

갑자기 온몸의 힘이 쭉 빠졌다. 애들 줄 거라니, 저 많은 걸 대체 어떻게……. 순간 실낱같은 희망이 떠올랐다. 저 물건들이 다 날 위한 거라고? 깜빡거리는 기억 저편에서 엄마는 내가 돌아오길 기다리고 있었는지도 몰랐다. 나는 떨리는 목소리로 물었다.

"아이들은요? 지금 어딨어요?"

그러자 엄마의 몸이 딱딱하게 굳어 버렸다. 엄마는 집 쪽으로 고개를 돌렸다. 그러고는 한참 후에야 고개를 가로저으며 대답했다.

"모두 죽었어요."

엄마의 손에서 눈물 같은 땀이 배어 나왔다.

"내, 내가 그날 집에 있었다면, 모든 게 달라졌을 텐데……."

나는 파란 집을 향해 걸어갔다. 기억이 담쟁이덩굴처럼 내 발을 타고 서서히 올라왔다.

"갈보년."

보름째 계속되는 폭염으로 밤이 되어도 한낮처럼 더웠다. 남자가 집 안으로 들어오면서 욕을 내뱉었다. 화들짝 놀란 엄마가 고개를 번쩍 들었다. 비틀거리면서 들어오는 남자의 입에서 술 냄새가 진하게 풍겼다.

"갈보년 주제에 굼뜨기까지 해? 얼른 술상 안 봐 오고 뭐하는 거야!"

남자는 말을 구겨서 던지며 안방으로 향했다. 남자는 도화선이 극도로 짧아서 언제 폭발할지 몰랐다. 그걸 온몸으로 겪어 온 엄마는 자리에서 발딱 일어나 부엌으로 가면서 나와 동생에게 나지막이 속삭였다.

"친구 집에 가 있어."

엄마는 알지 못했다. 동생과 나는 친구가 없었다. 파란 집은 매일 곡소리가 터져 나오는 곳이었으니까. 제집 자식과 가까이하면 검은 그림자가 묻을지도 모른다고 생각하는 부모들이 우리를 노골적으로 꺼렸다. 게다가 이 동네 애들은 눈꼴시게도 부모 말을 잘 듣는 효자처럼 굴었다. 그래서 동생과 나는 달리 갈 곳이 없어서 늘 집에만 처박혀 있었다.

동생은 밤이 늦었지만 놀이터라도 가야 하나 고민하는 얼굴로 나를 쳐다보았다. 동생은 작은 몸만큼이나 또래에 비해 발달이 한참 늦어 언제나 나를 따르고 의지했다. 내가 기둥처럼 뻣뻣하게 서 있자 동생이 내 눈치를 보며 안절부절못했다. 나는 그런 동생을 모른 체하며 말없이 엄마의 손만 노려보았다. 내 끈덕진 시선에 엄마는 자신의 손을 내려다보았다. 부러진 뼈를 제대로 맞추지 않아서 손가락은 이상한 모양으로 굽어 있었고 손등에는 피딱지가 앉아 있었다. 그리고 양말을 신지 않은 발등에는 시퍼런 피멍이 곰팡이처럼 번져 있었다. 나는 두 주먹을 꽉 쥔 채 엄마를 보다가 그대로 작은방으로 들어갔다. 동생도 내 뒤를 졸졸 따라왔다.

남자는 팔다리가 없는 것처럼 엄마에게 온갖 것을 시켰다. 서둘러 부엌으로 간 엄마는 떨리는 손으로 안주를 만들어 술상을 차렸다. 그 사이 동생은 작은방 책상 밑에 기어 들어가 쪼그리고 앉았다. 책상 밑은 겁에 질린 동생이 자주 찾는 곳이었다. 동생은 그곳에서 연필을 힘주어 잡고 공들여 일기를 썼다. 마음을 진정시키려는 건지, 아니면 자기가 괜찮다는 걸 보여 주려는 건지 그 속은 알 수 없었다. 난 아무것도 하지 않은 채 방 안에 우두커니 앉아 있었다.

엄마가 교자상을 들고 가면서 작은방의 열린 문틈을 힐금 보는 게 느껴졌다. 우리가 잘 있는지 살피기 위해서라는 걸 알고 난 일부러 뒤돌아 앉았다. 엄마도 보기 싫었기 때문이다. 그새를 못 참고 남자는 엄마에게 왜 이리 굼뜨냐고 화를 버럭 냈다. 엄마는 시선을 바닥으로 떨어뜨린 채 황급히 교자상을 들고 안방으로 들어갔다.

벽이 얇아서 안방의 폭언이 작은방까지 다 들렸다. 남자는 말을 칼처럼 휘둘렀다. 일단 칼을 들었다 하면 무엇이든 갈기갈기 찢어 버려야 직성이 풀렸다.

"씨발, 내가 좆빠이치는 게 다 누구 때문인데……."

또 시작이었다. 나는 보지 않아도 엄마가 어떻게 하고 있을지 알고 있었다. 겁에 잔뜩 질려서 남자의 화가 가라앉기를 기다리겠지. 그런 뒤에 내일 아침에는 남자가 원래부터 이런 사람은 아니었다고 우리에게 변명해 줄 것이다. 늘 똑같은 레퍼토리였다.

서울과 부산을 오가며 화물 트럭을 몰던 남자는 늘 잠이 부족했다. 남자가 몸을 혹사해 가며 죽어라 돈을 모은 이유는 집 때문이었다. 가족과 함께 오순도순 살 집, 그 돈을 벌기 위해 밤낮 안 가리고 닥치는 대로 일했고 고생 끝에 이 집을 장만했다. 난생처음 내 집을 마련한 기쁨은 오래가지 못했다. 외벌이로는 자고 일어나면 오르는 은행 이자를 갚아 나갈 길이 요원했기 때문이다. 눈덩이처럼 늘어난 빚은 봄이 와도 녹지 않았다.

그렇게 쳇바퀴 도는 것 같은 생활을 하던 어느 날, 남자는 졸음운전을 해서 한 여학생을 차로 치었다. 너무 놀란 나머지 얼떨결에 집으로 도망치고 말았다. 뺑소니를 친 것이다. 하지만 도로 위의 CCTV는 남자의 차 번호판을 선명하게 찍었고, 이틀 뒤 경찰이 집으로 찾아왔다.

남자가 1년여의 형기를 마치고 집으로 돌아왔을 때, 엄마는 변함없이 그 자리에서 남자를 맞이했다. 하지만 남자는 예전과 달랐다. 할 줄 아는 거라곤 운전뿐인데, 뺑소니로 교도소에 갔다 온 것도 모자라 면허까지 취소되자 운수업체에서는 허드렛일로도 남자를 써 주지 않았다.

그때부터였다. 남자가 엄마를 들들 볶기 시작한 건.

"왜 말이 없어? 내 말이 말 같지가 않아?"

"맞아요. 사람들이 나빠요."

엄마는 기어 들어가는 목소리로 겨우 대답했다.

"뭐가 나쁜데?"

"김씨도 그렇고, 정씨도 그렇고. 당신이 얼마나 열심히 했는데……."

그러나 남자는 자신을 두둔하는 엄마에게 더 화를 냈다. 성의 없이 대충 맞장구쳐 주는 것 같아서 모욕적이라는 거였다. 남자는 모욕을 참는 사람이 아니었다. 특히 엄마에게만큼은 누구보다 솔직하게 자신의 감정을 다 표출했다.

남자는 단숨에 교자상을 엎어 버렸다. 가슴속에서 뭔가 뜨거운 것이 울컥 올라왔다. 남자는 벨트를 풀어서 망나니처럼 엄마를 향해 휘둘러 댔다. 엄마는 몸을 작게 웅크렸다. 아마도 그랬을 것이다. 벽 너머의 일이 눈앞에 보이는 듯 생생했다. 벨트가 닿을 때마다 살이 요동쳤다. 아물지도 않은 상처가 다시 찢어지며 피가 번졌다. 남자가 숨이 차서 식식거리는 소리와 벨트가 허공을 가르는 소리만 들릴 뿐이었다. 작은 소리 큰 소리가 멍 위에 멍을 덧칠하는 것처럼 겹쳐지며 집 안을 울렸다.

"너, 무슨 일 했어. 솔직하게 말해 봐. 지금도 거기 나가는 거지?"

남자가 화를 내는 건 엄마가 먹고살기 위해 하다가 그만둔 일 때문이었다. 원래 엄마는 셈에 약하고 사람들과 잘 어울리지도 못해서 밖에 나가 일을 하는 건 엄두도 못 내던 사람이었다. 행인들에게 물건을 팔 주변머리도 없는 데다 식당에서도 자잘한 실수가 많아 쫓겨나기 일쑤였다. 그러나 남자가 감옥에 들어간 뒤 나와 동생이 자신만 바라보게 되자 손가락만 빨고 있을 수는 없었다. 남자가 이 집을 어떻게 마련했는지 알았기에 무슨 수를 써서라도 파란 집을 지키고 싶었다. 그래서 다부지게 맘을 먹고 일을 시작해서 빚도 다 갚았다.

엄마는 살기 위해서 변했지만 남자는 그런 엄마의 변화를 못 견뎌했다. 엄마는 목욕 관리사로 일했는데 남자는 엄마가 속옷 차림으로 일했다는 사실을 몸서리치게 싫어했다. 그건 자신이 무능한 가장이라는 걸 동네방네 떠들고 다닌 꼴이라고 했다. 결국 엄마는 남자가 집으로 돌아온 후 일을 그만둬야 했다. 하루가 멀다 하고 온몸에 멍이 들었기 때문이다. 손바닥만 한 속옷으로는 그걸 감출 수가 없었다.

"모든 게 네 탓이야. 네가 경찰을 집 안으로 끌어들였지? 그래서 경찰이랑 뭘 작당했어? 애초에 빵소니도 다 네가 계획한 거지? 날 감옥에 처넣고 무슨 짓을 하려고! 그렇게 네 맘대로 살아 보니까 좋았어?"

남자의 생각은 LTE보다 빨랐다. 엄마가 정말로 수상쩍은 짓을 했는지는 전혀 중요치 않았다. 남자는 단 한 번도 목욕탕이나 경찰서에 가서 자신의 의심이 맞는지 확인하지 않았다. 그저 자신이 추락하게 된 원인이 필요했던 것이다. 그 원인은 손을 뻗으면 닿을 수 있을 만큼 가까이 있어야 했고, 무엇보다 자신에게 아니라고 발뺌하지 않아야 했다. 그렇게 당첨된 것이 엄마였던 것이다.

남자는 겁쟁이였다. 엄마가 밥벌이를 할 수 있게 되자 자신이 가장으로서의 역할을 다하지 못할 거라는 불안에 사로잡혔다. 그 순간부터 엄마가 자신을 버리고 떠날까 봐 두려워했다. 못난 남자가 선택한 방법은 동물의 왕국에 나오는 수컷들처럼 자신의 힘을 과시하는 거였다. 남자는 자비 없이 처절하게 엄마를 때렸다. 엄마는 무차별적인 폭행에도 반항하지 않고 그저 맞기만 했다. 난 엄마를 이해할 수 없었다. 왜 저항하지 않는 거지? 두 다리도 멀쩡하면서 왜 도망치지 않는 거야? 난 겁쟁이인 남자보다 미련한 엄마가 더 미웠다.

그런데 그날은 뭔가 달랐다. 난 엄마가 남자의 손에 맞아 죽을지도 모른다는 생각이 들었다. 그게 아니면 내가 남자를 죽일지도 몰랐다. 난 작은방에서 총알처럼 튀어 나가 내 몸으로 엄마의 몸을 덮었다. 남자의 혹독한 매질을 오래 견딜 수 없다는 걸 알면서도 무턱대고 그렇게 했다. 남자는 빌어먹을 호로 새끼가 어디 끼어드느냐며 입에 거품을 물었다. 엄마의 이마에서 피가 주룩 흐르고 있었다. 나는 필사적으로 남자를 막으며 엄마에게 소리쳤다.

"도망가!"

그 말은 엄마의 등을 때리며 휘날리던 벨트를 잠시 잠잠하게 만들어 주었다. 엄마는 떨면서 현관문을 바라보았다. 문은 활짝 열려 있었다. 엄마는 신발도 신지 않고 허겁지겁 문을 향해 뛰었다. 엄마가 처음으로 내 말을 들어주었던 것이다.

나는 엄마가 눈앞에서 사라질 때까지 죽을힘을 다해 남자를 악착같이 붙잡았다. 거실로 나온 동생은 세상이 떠나가라 큰 소리로 울었다. 분명히 그 울음소리를 들었을 텐데 아무도 집 밖으로 나와 보지 않았다. 늘 있는 일이니까. 파란 집은 원래 저러니까. 남자가 나중에 무슨 해코지를 할지 모른다는 이유로 경찰에 신고해 주는 집이 아무도 없었다.

나는 등 뒤로 긴 그림자를 드리우면서 다시 마당으로 나왔다. 문득 서울역 지하도에서 만났던 복권 할아버지가 한 말이 생각났다. 오늘은 될 줄 알았다고, 오늘은 진짜 다를 줄 알았다고. 나 역시 그랬다. 이번엔 다를 줄 알았다. 그런데 그 복권들이 다 어땠었지? 죄다 꽝이었잖아. 엄마의 기억은 돌아오지 않았다. 오늘도. 어차피 내 힘으로는 할 수 없다.

나는 그날 죽었다. 바로 이 집에서. 나는 이미 엄마의 기억 속에서 죽었는데도 죽지 않고 걸어 다니는 좀비였다. 영화에서는 좀비의 눈을 클로즈업하지 않는다. 다만 그들이 얼마나 역겹고 더러운지 보여줄 뿐. 좀비의 눈을 자세히 들여다보면 그들이 얼마나 자신을 가두고 있는 몸에서 탈출하고 싶어 하는지, 세상 밖으로 나오고 싶어 하는지 알게 될 테니까.

나에게는 미쳐 버릴 자유도 없다. 엄마가 이미 선수를 쳤기 때문이다. 그렇다고 화를 낼 수도 없다. 화를 내면 엄마가 나에게서 그 남자를 보니까. 엄마의 기억을 되살릴 수도, 그렇다고 이대로 묻어 둘 수도 없다. 어떻게 해야 할지 모르겠다. 가슴이 답답해서 터져 버릴 것만 같았다.

"나도, 나도 소리 지르고 싶어! 물건 막 깨부수고 지나가는 사람 아무나 붙잡아 패고 싶다고. 근데 난 그러면 안 되잖아! 난 절대 그러면 안 된다고!"

피를 토하듯이 내 안에서 절규가 터져 나왔다. 내 말을 들었는지 엄마가 겁에 잔뜩 질린 얼굴로 날 보더니 몸을 돌려 등을 내보였다. 무슨 뜻인지 몰라 어리둥절해 있다가 곧 깨달았다. 자신을 때리라는 것이었다. 남자가 그랬던 것처럼. 그리고 화를 풀라는 거였다. 심장이 발밑으로 툭 떨어져 내렸다.

4

수리

“도마뱀불가사리플라나리아.”

환상통이 시작될 때마다 내가 외우는 주문이다.

도마뱀과 플라나리아는 몸의 일부가 잘려 나가도 다시 자란다. 불가사리도 마찬가지다. 팔이 잘리면 새로운 팔이 자란다. 그래서 파도에 밀려온 불가사리를 보면 간혹 팔이 한두 개쯤 작거나 색깔이 다른 녀석을 볼 수 있는데, 그런 불가사리는 최근에 아픔을 겪은 녀석들이다. 재생이 가능한 건 불가사리의 몸 가운데에 있는 중심반 덕분이다. 그래서 이 중심반이 너무 많이 파괴되면 재생 능력을 발휘하지 못한다. 이건 모두 책에서 읽은 것이다. 난 실제로 불가사리를 본 적이 없다. 도마뱀이나 플라나리아도. 그것들은 모두 내 환상 속에서만 꿈틀

거린다.

사람은 만물의 영장이라면서 왜 그들처럼 다리 하나 뚝딱 만들어 내지 못하는 걸까? 그럴듯한 가짜 다리 말고 뼈와 살이 있는 진짜 다리 말이다. 불가사리처럼 중심반도 없으면서 잘난 체하기는. 만약 사람이 지금보다 더 진화해서 영구치가 나기 위해 유치가 빠지는 것처럼 있던 다리가 빠지고 새로운 다리가 나게 된다면……. 그 순간 끔찍한 통증이 몰려오면서 생각의 꼬리가 끊어져 버렸다.

"도마……."

너무 아파서 주문을 미처 다 외울 수조차 없었다. 나는 이불을 확 젖혔다. 오른쪽 정강이가 썩고 있었다. 구더기들이 꿈틀거리면서 내 살과 피로 배를 채웠다. 구더기들이 징그럽다거나 내 다리가 사라져 가고 있다는 공포보다는 아파 죽겠다는 고통이 훨씬 더 심했다. 구더기들을 쳐내기 위해 오른쪽 무릎 아래로 손을 뻗어 보았지만, 희미하게 빛나는 홀로그램을 통과하는 것처럼 내 손은 허공을 하릴없이 지나 담요에 가 닿았다. 그와 함께 오른쪽 다리 아랫부분도 순식간에 사라져 버렸다. 그러나 고통은 한층 더 심해졌다. 나는 본능적으로 베개를 꽉 쥐었지만 이미 알고 있었다. 베개 밑에는 못이 없다는 걸. 다른 방법이 필요했다.

침대에서 내려와 왼발로 뛰어서 옷장으로 향했다. 서너 걸음 끝에 옷장 앞에 선 뒤 황급히 문을 열어젖히는데, 고모가 안방에서부터 뛰어왔다. 늦은 밤 우당탕 하는 소리에 놀란 것이었다. 고모는 얼굴을 잔뜩 일그러뜨리고 있는 날 보고는 놀라 물었다.

"무슨 일이야, 아파? 병원 갈까?"

나는 옷장 문을 꽉 쥐고 선 채 고개를 힘껏 가로저었다.

"뭐 찾니? 고모가 어떻게 해 줄까?"

"거……울."

나는 땀을 뻘뻘 흘리면서 겨우 말했다. 고모는 내가 뭘 하려는 건지 바로 알아차렸다. 저번에 의사 선생님이 말해 준 방법이 떠오른 것이다. 고모는 옷장 속에서 낑낑대며 전신 거울을 꺼냈고, 그사이에 난 바닥에 앉았다. 고모는 거울을 어떻게 놓아야 할지 몰라 허둥댔다.

"내가 할게. 나 혼자 있고 싶어."

고모는 어떻게든 날 돕고 싶어 했지만, 난 고모가 이런 내 모습을 보는 게 불편했다. 고통을 다루는 것도 버거운데, 그 외의 다른 것들은 신경 쓸 수도, 배려할 수도 없었다. 고모는 서운해하면서 방을 나갔다.

"그래그래, 고모 거실에 있을게. 필요하면 바로 불러."

고모는 조심스럽게 문을 닫아 주었다. 나는 낑낑거리며 커다란 전신 거울의 방향을 틀어서 내 성한 다리 쪽에다가 직각으로 세웠다. 그러는 동안에도 극심한 고통 때문에 몸이 부들부들 떨렸다. 나는 거울 속을 들여다보았다. 내 오른쪽 다리가 멀쩡한 듯한 착시 현상이 일어났다. 뇌를 속여 고통을 없애는 것이었다. 마술과도 같았다.

사건이 일어나기 전으로 돌아간 듯했다. 그때 내 다리는 두 개였다.

그리고 좌우 다 멀쩡했다. 나는 눈도 깜빡이지 않고 내 두 다리를 쳐다보았다. 성난 파도가 가라앉듯이 고통이 조금씩 잦아들었다. 방문을 사이에 두고 언제든지 뛰어 들어오려고 대기하고 있는 고모의 숨소리가 희미하게 들려왔다.

환상통이 썰물처럼 빠져나간 뒤 눈을 감은 채 손을 움직여 전신 거울을 옆으로 치웠다. 그러고는 손을 더듬어 의자에 있던 치타 다리를 가져와서 다리에 끼웠다. 다리에 딱 들어맞는 느낌이 올 때 눈을 번쩍 떴다. 벽을 짚어 균형을 잡으며 천천히 거실로 나왔다. 고모는 내 치타 다리를 보고는 같이 나가자고 했지만, 나는 고개를 가로저었다. 현관문 앞에 앉아서 왼쪽 발에 운동화를 욱여넣으며 고모에게 벼르고 벼르던 질문을 던졌다.

"아빠는…… 아직도 그래?"

"독방에서는 나왔대. 제발 더는 몸 상하지 않았으면 좋겠는데……. 근데 이젠 고모도 면회 거부야. 자꾸 그런 얘기 할 거면 오지 말래. 내 오빠지만 어쩜 그렇게 똥고집인지 모르겠다."

나는 오른쪽 다리를 내려다보며 다시 물었다.

"내 얘기, 아직 안 했지?"

"으응."

고모는 고개를 돌린 채 식탁 모서리를 만지며 힘없이 대답했다. 아빠를 위해 시작한 달리기지만 아직 아무것도 이룬 게 없어서 아빠에게 말할 수 없었다. 하지만 아빠가 언제 또 문제를 일으켜서 독방에

갇힐지 모르는 일이다. 그러다 잘못될 수도 있고. 내가 마라톤 대회를 위해 이렇게 죽어라 달리고 있다는 걸 이야기하는 게 좋을까? 난 입을 꾹 다물었다. 완주를 담보로 비싼 다리를 얻어 내긴 했지만, 솔직히 난 자신이 없었다.

"괜찮을 거야. 고모가 틈틈이 변호사들 계속 만나 보고 있어. 어떻게든 방법을 찾아야지."

내가 운동화 끈을 다 묶은 뒤에도 멍하니 앉아 있자 고모가 날 위로했다. 난 짐짓 괜찮은 척하며 씨익 웃어 보인 뒤 밖으로 나섰다. 달리기를 시작한 뒤에도 우울한 기분은 좀체 떨쳐지지 않았다. 처음엔 달리기만 하면 만사가 다 해결될 줄 알았는데 꼭 그렇지만도 않았다.

게다가 치타 다리는 사람들의 눈에 너무 잘 띄었다. 그래서 인적이 드문 밤에만 달리러 나가는 것이었다. 가정 교육을 잘 받은 동네 꼬맹이들은 대놓고 날 놀리지는 않았다. 그러면 진짜 나쁜 사람이 되는 거니까. 그저 엄마의 치맛자락을 붙잡고 저기 좀 보라며 손가락으로 날 가리키고 뒤에서 수군거릴 뿐이었다. 있을 게 없으면 병신이고 없을 게 있으면 괴물이다. 난 병신이고 괴물이다.

그런 내가 마라톤 대회에서 완주를? 머릿속이 복잡했다. 달릴 때 체력을 기르기 위해서 팔다리에 무거운 모래주머니를 차고 달리는 사람들의 이야기를 들은 적이 있다. 나는 그런 모래주머니를 찬 것도 아닌데 금방이라도 죽을 것만 같았다. 입을 꽉 다물고 코로만 숨을 쉬려 했더니 콧구멍이 하마처럼 커지는 느낌이었다. 이제 겨우 5km쯤

달렸을 뿐인데 벌써부터 다리에 통증이 몰려왔다. 매일같이 느끼는 거지만 통증은 익숙해지질 않는다. 문제는 달리기만 하면 통증이 더 심해진다는 거였다. 발끝부터 시작된 통증이 온몸을 찌릿찌릿 관통했다. 복지관 관장님 말로는 달리기를 시작하고 나서 일주일째가 고비일 거라고 했는데, 오늘이 바로 그 일주일이 되는 날이었다.

이렇게 통증이 몰려올 때면 기억의 빗장이 헐거워지면서 그 속에 밀어 두었던 고통의 파편들이 와르르 쏟아져 나온다. 내 모든 고통의 시발점은 사고가 났을 때로 거슬러 올라간다. 사고가 일어난 뒤 시간이 꽤 흐른 후에야 구급차를 타고 병원으로 갔다. 아마 그랬을 것이다. 다리를 다친 이후의 기억에는 듬성듬성 구멍이 나 있어서 매끄럽게 연결이 되지 않았다.

병원으로 실려 온 뒤 일주일 동안은 저주가 담긴 독사과를 먹은 것처럼 계속 잠만 잤다. 의사는 간호사에게 콜리스틴이니 반코마이신이니 하는, 내가 모르는 외국어로 된 약들을 처방했고 간호사는 안쓰러운 얼굴로 나에게 한숨 자고 나면 좀 나아질 거라며 약을 주었다. 일주일 후 정신이 들었을 때에야 비로소 의사의 얼굴을 볼 수 있었다. 젊은 의사는 표정이 어두웠다. 예후를 지켜봐야 하겠지만 다리뼈 손상도 심각하고 무엇보다 연조직의 감염 정도가 좋지 않다고 했다. 의사에게 설명을 듣는 내내 아빠는 내 손을 꽉 잡고 있었다. 손이 너무 아팠다. 그런데 손이 아니라 다리라니, 내 다리가 왜……. 나는 이불을 걷지 않았다. 그럴 용기가 없었다. 하지만 용기를 내야 했다. 나는 가까스로 입을 열어 말했다.

"자고 싶어요."

내가 어금니를 악물고 있는 걸 알아차린 의사는 간호사를 향해 고개를 끄덕였다. 약으로 버티는 한 시간과 두 시간이 이어져 하루가 지나갔다. 그럼에도 불구하고 나에게 하루는 너무 길었다. 오른쪽 다리 아랫부분이 아파서 자꾸만 잠에서 깼기 때문이다. 아빠는 고통에 몸부림치는 날 붙잡고 나 대신 울었다. 어떻게든 날 지켜 주고 싶은 마음에 매일 의사에게 찾아가 우리 딸의 다리를 살려 달라고 애원했다.

그러고 나서 얼마 지나지 않아 기적처럼 다리가 괜찮아지기 시작했다. 다리가 조금씩 나아지자 다른 것들이 눈에 들어왔다. 일단 치과 병동부터 찾아갔다. 사고가 일어난 날 병원으로 옮겨질 때 고통을 참으려 이를 악물다가 앞니가 으스러졌던 것이다. 의치가 완성된 날 나는 목발을 짚고 병원에서 퇴원했다. 앞으로 달리지 못할 수도 있다는 이야기를 들었지만 상관없었다. 내 꿈이 마라토너도 아니었으니까. 그냥 걸을 수 있는 것만으로도 아빠와 난 감사했다. 그렇게 우리는 아주 더디게 일상을 회복해 나가기 시작했다.

그런데 빼소니범이 형을 다 치를 즈음 문제가 생기기 시작했다. 기적이 진짜가 아니었던 것이다. 드라마 중간에 나오는 광고처럼 절망은 우리의 눈을 잠시 다른 곳으로 돌려놓았을 뿐이었다. 어느 날 걷는 게 다시 힘들어졌다. 하지만 참았다. 참으면 괜찮아질 줄 알았다. 저번에도 그랬으니까.

결국 나는 아침에 등교하던 길에 너무 고통스러워서 아빠에게 전화를 했고, 병원으로 다시 돌아갔다. 이번에는 나이가 훨씬 많아 보이는 교수 의사 선생님과 상담을 했다. 교수가 직접 왔다는 게 왠지 불길했다. 역시나 그에게서 나온 말은, 끔찍했다. 처음 병원에 왔을 때 아스러진 뼛조각을 최대한 맞추었지만 근육에 박힌 이물질이 너무 많아서 결국 근육 조직이 괴사해 버렸다고 했다. 왜 더 빨리 오지 않았느냐고, 다리가 더 썩어 들어가기 전에 지금이라도 당장 수술을 해야 한다고 했다.

그렇게 세 번째로 수술실에 들어갔고, 몇 시간 후 다시 나왔을 때 내 몸의 4분의 1을 잃은 채였다. 몸이 가볍다는 느낌은 전혀 들지 않았다. 철로 된 이불을 덮고 있는 것처럼 감당할 수 없는 엄청난 무게에 짓눌린 것 같았다.

주치의는 절단 부위를 점검하고 소독하느라고 2~3일에 한 번씩 다리 붕대를 풀었다. 그럴 때마다 나는 창밖으로 고개를 돌렸다. 보지 않아도 알 수 있었다. 오른쪽 다리 아래로 블랙홀 같은 빈 공간이 느껴졌던 것이다. 살이 아물자 주치의는 실밥을 풀었다. 위험한 고비는 넘겼다면서 앞으로는 재활 치료에 대한 적극적인 의지가 중요하다고 말했다. 나는 대수롭지 않은 듯이 대답했다.

"그렇겠죠."

그러고 나서 얼마나 지났을까. 오줌이 마려웠다. 아빠는 대출 상담 때문에 은행에 갔고, 간호사들은 응급 환자들 때문에 모두 바빠 보였다. 난 조심조심 일어나 한 발로 화장실에 갔다. 변기에 앉는 것까지는 아무 문제 없었다. 그러나 일을 보고 일어서려 할 때 무심코 예전처럼 불쑥 일어나면서 바닥에 보기 좋게 나동그라졌다. 다리의 일부가 없어졌다는 걸 순간적으로 까먹은 것이다. 나는 또다시 미끄러지지 않기 위해 왼발에 힘을 꽉 주면서 손으로 세면대를 잡아 가까스로 몸을 일으켰다.

거울 속에 비친 내 모습은 끔찍했다. 새로 해 넣은 의치가 세면대에 부딪히는 바람에 다시 깨져 버렸고, 그 사이로 피가 줄줄 흘러내렸다. 한쪽 다리도 없고 앞니가 깨져 피는 흐르고……. 거울 속의 난 사람이 아니었다. 기껏해야 16년밖에 살지 않은 내가 뭘 그렇게 잘못했다고, 어떻게 세상이 나한테 이렇게 가혹할 수가 있지? 나는 비명을 질렀다. 곧바로 간호사가 뛰어 들어왔고, 그 뒤로 허겁지겁 아빠가 들어왔다. 아빠는 나를 꽉 끌어안고 말했다.

"괜찮아, 아빠가 있잖아. 다 괜찮아질 거야."

나는 뭉개진 발음으로 악다구니를 썼다.

"머가 괘차나! 난 이제 끄치야. 다 끈나써! 아빠가 나한테 멀 해 줄 수 있는데? 다리를 자른 건 아빠가 아니라 나라고! 그날 아빠는 그 자리에 어썼자나. 난 하나도 안 괜차나. 누구 맘대로 괜찮대!"

나는 목이 쉬도록 소리를 질러 댔다. 미친 듯이 몸부림을 치면서 아빠를 밀어냈다. 나는 진정제를 놓으려는 간호사들을 향해 손에 잡히는 대로 아무거나 집어 던졌다. 한 간호사는 수처를 담는 그릇에 정통으로 맞아서 이마가 찢어지기까지 했다. 나는 온 힘을 다해 그들을 밀어냈다. 아빠도 저주했다. 눈물이 앞을 가려서 아빠가 어떤 표정으로 날 보고 있었는지는 모르겠다. 하지만 더 이상 아빠의 입에서는 괜찮아질 거라는 말이 나오지 않았다.

잠시 후 강한 힘이 날 눌렀다. 아빠가 입을 앙다문 채 날 침대에 눕혔고 간호사가 재빨리 다가와 주사를 놓았다. 나는 눈을 질끈 감은 채 고개를 내저으면서 반항했다. 그때 내 콧잔등 위로 뭔가가 똑 하고 떨어졌다. 아빠의 눈물이었다. 눈을 감았다가 다시 떴을 때는 약효가 돌기 시작해서 아빠의 얼굴이 흐릿하게 보였다. 그때 본 아빠의 모습이, 마지막이었다.

얼마나 달렸을까. 입을 벌리고 뛰었더니 하루살이 떼가 번지점프를 하듯이 내 입속으로 마구 날아들었다. 다시는 맛보고 싶지 않은 맛이었다. 나는 멈춰 서서 허리를 굽히고 헛구역질을 했다. 괜히 고모한테 아빠 안부를 물어서 떠올리고 싶지 않은 옛 기억에 사로잡혀 정신없이 뛰고 말았다. 페이스를 잃고 무리하게 뛰는 바람에 오른쪽 다리 끝부분이 바늘로 찌르듯이 아팠다. 아, 진짜 다 때려치우고 싶다.

"야, 야!"

그때 뒤에서 누가 날 부르는 소리가 들렸다. 뒤돌아보니 웬 녀석이 다 죽어 가는 얼굴로 나를 향해 팔을 뻗은 채 걸어오고 있었다. 어깨를 구부정하게 하고 힘겹게 걸음을 떼더니 결국 내 앞에서 숨을 몰아쉬며 무릎을 꿇었다. 그 녀석이었다. 파란 집 사건의 생존자, 장태범.

"몇, 번이나, 불렀는데…… 넌 왜……."

태범은 숨을 몰아쉬느라 말을 잇지 못했다. 도대체 언제부터 날 따라 뛴 걸까? 하지만 태범이 저질 체력이라는 건 확실히 알겠다. 겨우 10km 좀 넘게 뛴 것 가지고 저렇게 곧 죽을 것처럼 엄살을 피우다니. 나도 힘들어 죽을 것 같았지만 일부러 괜찮은 척 허리를 꼿꼿하게 펴고 말했다.

"뭐야, 너. 여긴 어떻게 알았어?"

"그 복지관, 거기에 물어서…… 밤에 네가, 여기, 달려…… 악! 숨 차. 타임."

태범은 도저히 말을 못 하겠는지 손을 내저으며 바닥에 뻗어 버렸다. 난 허리에 매고 있던 가방에서 물병을 꺼내 태범에게 툭 던져 주었다. 태범은 물을 허겁지겁 마시더니 그제야 좀 살겠다는 얼굴로 몸을 일으켜 앉았다.

"넌 내가 몇 번이나 불렀는데 어떻게 뒤도 안 돌아보고 계속 뛰냐? 음악이라도 들으면서 뛰는 거야? 뭐야, 이어폰이고 뭐고 아무것도 없구만. 근데 왜 멈추지도 않고 계속……. 혹시 너, 내 말 씹은 거였냐?"

"생각 좀 하느라고."

태범은 기가 막힌다는 얼굴로 날 쳐다보았다. 나는 괜히 머쓱해져서 남은 물을 다 마시고 물었다.

"그래서, 왜 따라온 건데? 나한테 무슨 할 말 있어?"

"있었지."

"왜 과거형이야?"

"있었는데, 지금은……. 너무 뛰었더니 뇌가 덜렁거려서, 기다려 봐. 숨 좀 더 쉬고."

난 태범이 기력을 찾을 때까지 잠자코 기다렸다. 잠시 후 태범은 몇 번이고 입을 달싹이다가 뭔가 결심한 듯한 표정으로 내 치타 다리를 물끄러미 쳐다보았다. 그러고는 다시 시선을 떨어뜨리고 한숨을 내쉬었다. 참다못해 내가 먼저 말했다.

"할 말 있으면 얼른 해. 자꾸 삼키지 말고."

"됐다. 너한테 원망 좀 퍼부으려고 왔는데, 그게 다 뭔 소용인가 싶네."

무슨 소리냐고 되물으려다가 입을 다물었다. 왠지 알 것 같았다.

"너…… 집에 갔었어?"

"그렇게 티 나냐?"

"내가 접때 말했잖아. 곁이 보이면 들러붙으라고."

"그러니까 그 말이, 집에 가란 소리가 맞았네. 뭐, 꼭 네 말 때문은 아니지만, 여튼 갔었어."

"근데 날 원망하려고 찾아온 걸 보면, 집에 가서 무지 실망했나 보네?"

"……."

태범은 아무 말도 하지 않았다. 내가 말실수라도 한 걸까? 태범의 표정은 단순히 실망이라는 말로 표현하기에는 훨씬 더 복잡다단해 보였다.

"넌 왜 혼자 뛰냐?"

"나 계주가 아니라 마라톤 준비 중이거든?"

"알아. 저번에 네가 주저리주저리 다 얘기했잖아. 복지관에서 다리 얻었다면서? 근데 그럼 거기서 친구 같은 것도 생겼을 거 아냐? 근데 왜 혼자 뛰냐고. 하다못해 비싼 다리 받고 잘 뛰나 안 뛰나 감시하는 사람이라도 붙어 있어야 하는 거 아니야?"

태범의 말대로 복지관에 가 보니 내 또래의 다른 봉사자들도 있었다. 근처 학교에 다니는 봉사 동아리 학생들이었다. 봉사 점수를 채우기 위해 혹은 나중에 수시 쓸 때 한 줄이라도 더 채우기 위해 애쓰는 평범한 애들. 그 애들은 나를 어떤 부류의 아이로 보아야 할지 몰라서 혼란스러운 듯했다. 봉사자라는 표시인 보라색 조끼를 입고 있긴 하지만 다리가 좀 거시기하잖아. 그럼 봉사를 하는 게 아니라 받아야 하는 입장 아닌가? 걘 뭐지? 그렇게 그들은 나와 거리를 둔 채 탐색전을 벌이며 수군댔다.

"사람들은 어떻게 해야 좋을지 모르겠다는 표정으로 날 봐. 알아봤더니 걔는 살인자의 딸이래. 그런데 그 아빠가 딸의 다리를 자르게 만든 뺑소니범을 죽였다나 봐. 그럼 손가락질할 수만은 없지. 그런데 뺑소니범뿐만 아니라 어린 딸까지 죽게 만들었다고? 세상에. 거미가 줄을 타고 올라간다는 동요처럼 계속 두 손가락이 맞물려 올라가다가 어느 순간 딱 멈추는 거야. 그러고는 돌아서지. 가까이하고 싶지 않다면서. 전염병 바이러스 취급이야. 그런데 누가 나 같은 애랑……."

나도 모르게 내 처지를 줄줄 외다가 멈추었다. 그러는 넌 왜 혼자냐고 쏘아 주려다가 입을 다물었다. 도저히 이 대화가 끝나지 않을 것 같아서였다. 뫼비우스의 띠 위를 걷는 것처럼. 이상하게 이 녀석만 만나면 쓸데없이 말이 길어진다. 그래서 부러 눈에 힘을 팍 주고 단호하게 말했다.

"너, 이제 나 찾아오지 마."

"뭐?"

"너나 나나 이렇게 한 번씩 서로 찾아가서 퍼붓는 거 그만하자고. 달리는 것만도 힘들어 죽겠는데 너까지, 감당 못 해. 하기도 싫고."

"나도 너 좋아서 찾아온 거 아니거든?"

"나도 알아. 나 보는 거 괴로운데도 계속 찾아오게 되는 거잖아. 일부러 자해하는 것처럼. 그러니까 그만하라고 이제."

"내가 스스로한테 상처를 내기 위해서 너한테 온다고? 그게 네 생각이란 말이지? 자해는 네 전공 아니었냐? 네가 나한테 그런 말 할 처지는 아니지."

"그니까 이제 그만 이 악순환을 끝내자고. 난 너만 보면 화가 나서 미치겠으니까."

"야, 네가 왜 화가 나? 피해자는 난데?"

"그래, 피해자는 너고 난 빌어먹게도 가해자야. 근데 나도 화가 난다고!"

태범은 내 말을 곱씹는 듯 잠시 입을 다문 채 시선을 아래로 떨어뜨렸다. 그런 뒤 한참 후에 가라앉은 목소리로 입을 열었다.

"엄밀히 말하면 넌 가해자는 아니지. 가해자의 딸, 아니다. 생각해 보니까 너도 피해자네. 그 남자가 널 차로 치었으니까. 그게 시작이었으니까……."

거미는 아직도 줄을 타고 올라가고 있었고 동요는 끝나지 않았다. 언제까지 이 구간 반복 속에 갇혀 있어야 할까? 난 더 모질게 말했다.

"그날 무슨 일이 있었는지 알아? 내가 다리를 자르고 나서 처음으로 혼자 화장실에 갔다가 새로 해 넣은 앞니가 깨졌어. 그래서 완전 찌질하게 울었지. 나 이제 어떡하냐고 아빠한테 막 소리쳤어. 내가 그렇게 악을 쓰고 울지만 않았어도 아빠가 그 밤에 술을 마시고 너네 집에 찾아가지는 않았을 거야."

태범은 벙찐 얼굴로 나를 쳐다보았다.

"스스로를 상처 내려고 날 찾아온 게 아니라면 나한테서 사과를 듣고 싶었던 거겠지. 네 표정 보니 그거네. 그것만 해 주면 되는 거야?"

나는 태범 앞으로 한 발짝 다가섰다. 그러고는 고개를 쳐들고 태범을 똑바로 쳐다보면서 또박또박 말했다.

"다 내 탓이야. 맞아. 내가 그날 그렇게 징징거리지만 않았으면 네 동생도 네 아빠도 살아 있었을 거야. 다 나 때문이라고. 그니까 오늘

다 퍼붓고 다신 보지 말자."

그러나 태범은 아무 반응이 없었다. 나는 그럼 됐다는 식으로 거칠게 뒤돌아서 다시 달리기 시작했다.

태범

서울역에 도착했을 때는 늦은 밤이었다.

기세 좋게 서 있는 서울역 앞에 구걸남이 문지기처럼 엎드려 있었다. 크리스마스와 새해 끗발이 떨어져서 그런지 뒤집어진 모자 속은 휑하니 비어 있었다.

온기를 가두기 위해 닫아 둔 서울역 유리문을 힘껏 밀고 안으로 들어가 곧바로 텔레비전이 있는 중앙으로 향했다. 텔레비전에서는 케이블 방송의 해외 축구 경기가 나오고 있었다. 프리미어 리그에서 한창 주목받고 있는 우리나라 선수가 선발로 나온 경기였다. 이 늦은 시각에 스포츠 전문 채널을 볼 수 있는 건 축구를 유난히 좋아하는 역무원 덕분이었다.

볼륨이 한껏 높여진 텔레비전 소리와 사람들의 응원 소리가 뒤엉켜 개구리들을 풀어 놓은 듯 와글거렸다. 캐스터는 축구 선수가 공을 잡을 때마다 클로즈업을 하듯이 그의 이름을 불러 댔다. 텔레비전 앞에 있는 사람들은 팔짱을 낀 채 저마다 한마디씩 했다.

"쟤가 나이는 어려도 골 감각은 타고났다니까."

"골만 잘 넣는 게 아니야. 저 봐, 패스가 칼이잖아."

"저런 걸 킬 패스라고 하는 거라고."

"칼 패스겠지."

"킬이나 칼이나 엎치나 메치나."

평소와 달리 텔레비전 앞에서는 묘한 활기마저 느껴졌다. 하지만 나와는 상관없는 소음이었다. 나는 사내에게 곧장 걸어가 싸늘하게 말했다.

"내 거 돌려줘요."

"뭐?"

"저번에 가져간 내 엠피스리 달라고요."

사내는 피식 웃고는 옆사람을 보면서 이 녀석이 아무래도 맛이 간 것 같다며 검지를 관자놀이 옆에서 빙빙 돌렸다. 옆사람은 대충 웃으면서 사내에게 맞장구쳐 주었다. 사내는 지금 기분이 좋으니까 이 정도로 넘어간다는 듯이 충고하듯 말했다.

"쥐어 터지고 싶지 않으면 빨리 꺼져."

나는 눈을 질끈 감고 덤벼 보았지만 사내는 간단히 나를 밀쳐 냈다. 나는 맥없이 뒤로 밀려나 생각해 보았다. 기를 쓰고 덤빌 수는 있었지만 그럴 힘이 없었다. 만약 사내가 가져간 게 아니라면, 설사 가져갔다고 해도 지금은 갖고 있지 않다면……. 왠지 영원히 엠피스리를 돌려받지 못할 것 같다는 생각이 들었다. 너무 늦어 버린 것이다. 모든 게.

엠피스리에서 나오는 음악은 나를 막아 주는 보호구 같은 거였는데 이젠 그것도 끝이었다. 지금 난 무방비 상태로 좀비들 틈에 서 있었다. 엄마의 모습과 동생의 마지막 얼굴, 그리고 피에 젖은 남자가 그 틈을 비집고 떠오르기 시작했다. 또다시 파란 집에 대한 기억이 나를 덮친 것이다. 이대로는 버틸 자신이 없었다.

사람들은 나와 사내의 일에는 관심도 없었다. 화면을 가리지 말고 좀 꺼지라고 난리였다. 난 뒤쪽으로 밀려나 의자에 쭈그리고 앉았다. 다른 데 갈 곳도 없었으니까. 지구 주위를 도는 인공위성처럼 텔레비전 앞에서 떠나지 못했다.

양 팀 모두 원톱이 부진하다, 길게 공을 걷어 내는 것만 이어진다, 박스 모서리에서도 기회를 잡지 못해서야 되겠느냐 등 초반에는 날선 비판이 이어지면서 팽팽한 긴장이 감돌았지만, 0 대 0인 상황이 계속되자 경기를 보던 이들은 점차 맥이 빠져 버렸다. 캐스터가 지루한 경기에 채널이 돌아갈까 봐 초창기 때 프리미어 리그 원년 멤버가 누구였는지 끝없이 썰을 풀었지만 아무도 관심이 없었다.

그때 갑자기 화면 속 움직임이 빨라졌다. 골문을 향해 뛰는 선수들의 속도도 빨라졌다. 그 중심에 아까 사람들이 응원하던 선수가 있었다. 사람들의 몸이 일순간 텔레비전 속으로 빨려 들어갈 것처럼 앞으로 숙여졌다. 그런데 골을 넣을 줄 알았던 그가 실책을 하고 말았다.

"저 새끼가 술을 처먹었나. 객기를 부리고 있어."

사내의 입에서 욕이 분수처럼 쏟아져 나왔다. 입만 열면 조각칼처럼 주변 사람들을 깎아 내리는 말만 해 대는 사내에겐 청중이 필요했던 것이다.

“슈팅이 빨랫줄처럼 쭉쭉 뻗어 나가야지! 내가 들어가서 몇 분만 뛰어도 세 골은 넣겠다. 하여간에 계집 끼고 스캔들 날 때부터 알아봤어. 어린놈의 새끼가 힘쓸 데를 구분도 못 하고, 어! 똥인지 된장인지도 모르고 말이야. 똥을 한 사발 퍼서 처발라 줘야 정신 차리지. 에잇, 나가 뒈져라!”

사내는 열에 달궈진 주전자 뚜껑이 딸각거리는 것처럼 시끄럽게 굴었다. 분명 열어 보면 아무것도 끓고 있지 않을 거면서, 꼭 그런 것들이 요란하다.

“좆도 모르는 게.”

내 입에서 나온 말이었다. 수류탄처럼 갑작스럽게 던져진 말에 주위가 조용해졌다. 삼, 이, 일……, 빵! 하고 터질 차례인데 조용했다. 불발탄이었나? 사내를 비롯한 주변 사람들이 모두 나를 쳐다보고 있었다. 그때 상대편 선수가 반칙으로 퇴장당하면서 그들의 관심은 다시 축구로 옮겨 갔다. 같은 팀끼리 어깨를 심하게 부딪쳐서 주축 선수가 교체되는 등 경기는 점점 격렬해지면서 연장전까지 이어졌다. 원래부터 축구에 별 관심이 없었기에 미련 없이 일어나 화장실로 향했다.

화장실은 언제나처럼 어수선했다. 맨 끝 칸 앞에 서 있던 남자가 투덜거리면서 옆칸으로 들어갔다. 안 봐도 비디오였다. 역에서 가장 따뜻한 곳이 화장실이라 끝 칸에 들어간 노숙자가 술을 먹고 그 안에서 뻗어 버린 것이다. 어디서 많이 본 듯한 장면이라 기시감이 들었다. 여기에서 벌어지는 일은 늘 그게 그거였고, 똑같은 일들이 매일 반복되었다.

나는 세면대로 가서 흐르는 물에 손을 갖다 댔다. 파란 집에서 만진 것들을 모두 씻어 내기 위해 오래도록. 손끝이 퉁퉁 불 정도로 시간이 지난 다음에 손 말리는 기구로 옮겨 가 손을 넣었다. 위이잉 하는 기계 소리가 화장실 안을 크게 울렸다.

얼마나 그러고 있었을까. 시끄러운 가운데 묘한 정적이 느껴졌다. 뒤를 돌아보니 축구를 보던 노숙자 무리가 화장실로 들어와 있었다. 날 찾아 부러 이곳까지 행차한 것이었다. 그들의 표정에서 경기 결과를 알 수 있었다. 축구는 졌다. 그리고 그것은 모든 일의 원인이 된다. 그들은 피 냄새를 맡은 상어처럼 나에게 다가왔다. 사내가 앞장섰다. 지휘자의 지휘봉처럼 사내의 눈썹이 휙 쳐들렸다.

"너 이 새끼, 뭔데?"

아까 내가 한 말, 좆도 모른다는 것에 대한 대답 같았다. 넌 뭐냐니, 정말 철학적인 질문이었다.

"뭐냐고 묻잖아, 새끼야!"

질문의 탈을 쓴 신호였다. 꼬리 내리고 저리 꺼지라는. 하지만 나는 두 발을 바닥에 꽉 붙이고 꼼짝하지 않았다. 침묵이 사방을 휘감았다. 먹이를 발견한 하이에나 떼처럼 그들이 속속 모여들었다. 아까 수리 앞에선 가해자니 피해자니 하면서 썰을 풀었지만, 톡 까놓고 말해서 엄마도 내가 누군지 모르는데 난들 아나? 난 천적 앞에서 몸을 부풀리는 황소개구리처럼 소리를 높였다.

"내가 누군지 알아서 뭐 하게!"

그러자 사내는 들고 있던 팩 소주를 바닥에 내팽개쳐 터뜨렸다. 그와 동시에 매타작이 시작되었다. 세균처럼 퍼져 나간 적의는 공기를 타고 모두를 전염시켰다.

"죽고 싶냐? 진짜 죽고 싶어?"

입속에 마이크라도 넣어 둔 건지 사내의 목소리가 쩌렁쩌렁 울렸다. 내가 서 있는 곳이 스트라이크 존이라도 되는 양 여기저기서 강속구로 욕과 매가 날아들었다. 나는 골을 넣은 상대팀 축구 선수가 되기도 했고, 돈을 떼먹고 도망간 사장이기도 했으며, 어젯밤 자는 사이에 몰래 술과 돈을 훔쳐 내뺀 옆자리의 노숙자가 되기도 했다. 나는 세상의 모든 얼굴이 되었다가 뭉개졌고, 다시 다른 얼굴이 되어 가차 없이 짓밟혔다. 일대일도 아니고 10분 타이머도 없었다. 따라서 당연히 그에 대한 대가도 없는, 그냥 린치였다. 그동안 돈 받고 맞아 준다면서 깝치고 돌아다녔던 내 모습이 고까웠다면서 사내는 발끝에 힘을 잔뜩 실었다.

"삐익!"

그때 밖에서 호루라기 소리가 들려왔다. 잠깐 편하게 숨을 쉴 수 있을 만큼 짬이 주어졌다. 그들은 자신이 들은 소리의 정체를 확인하느라 웅성거렸다.

"삐익! 삐이익!"

그러고는 종소리에 반응하는 파블로프의 개처럼, 반사적으로 화장실 밖으로 뛰쳐나갔다. 잠시 후 나는 가슴을 싸쥐고 일어났다. 사내가 맷값이라면서 바닥에 던져 놓고 간 엠피스리를 움켜쥐고 화장실을 나와 멍한 눈으로 출입구를 향해 걸었다. 거대한 유리문을 밀자 서울역은 기다렸다는 듯이 나를 거리로 뱉어냈다. 나는 마침내 뼈만 남은 좀비처럼 걷고 또 걸었다.

그렇게 한참을 바닥만 보며 걷는데, 순간적으로 빠앙 하는 경적 소리를 내며 차가 내 앞을 무서운 속도로 지나갔다. 횡단보도 앞이었다. 빨간불이어서 신호가 바뀔 때까지 기다렸다. 지나가는 사람들을 보았다. 나와는 달리 다들 갈 곳도 있고 할 일도 있어 보였다. 나는 고개를 떨어뜨리고 희미한 가로등 아래에 길게 뻗어 있는 그림자를 보았다. 그림자가 있는 걸 보니 나도 저들과 똑같은 사람이라는 게 실감이 났다. 나는 거울에 비치지 않는 뱀파이어도 아니고 잡을 수 없는 유령도 아니었다. 물론 쿨한 좀비도 아니었다.

내 그림자는 며칠 전보다 조금 더 길어져 있었다. 요즘 들어 부쩍 시도 때도 없이 오금이 저렸다. 그건 키가 자라고 있다는 뜻이었다. 이렇게 죽은 듯이 지내는데도 세포는 눈치도 없이 자꾸 내 키를 늘이고 있었다. 위아래로 죽 잡아 늘이듯 키가 커지면서 몸은 더 깡말라 갔다. 손을 들어 보니 손톱도 길게 웃자라 있었다.

좀비는 이렇지 않다. 차라리 좀비라면 얼마나 좋을까? 그러면 생각 따위는 하지 않아도 될 텐데. 미래나 가족 따위 다 필요 없이 오로지 당장의 배고픔을 해결할 수 있는 먹을거리만 생각하면 될 텐데. 난 왜 좀비가 아닌 걸까? 왜 이렇게 약한 존재인 걸까?

현실에서 도망가고 싶어서 엠피스리를 꺼냈다. 그러나 이어폰이 완전히 맛이 갔는지 노래가 들리지 않았다. 결국 이어폰을 빼고 스피커로 노래를 들었다. 예상대로 음질이 구렸다. 지지직거리는 소음 사이로 간간이 노랫소리가 새어 나왔다.

하지만 이제 음악으로는 아무것도 채워지지 않았다. 모든 게 자기 잘못이라던 수리의 말이 계속 머릿속을 맴돌았다. 그토록 듣고 싶었던 말이었는데, 막상 듣고 나니 기분이 엿 같았다. 내가 듣고 싶었던 말은 그게 아니었던 것 같다. 피식 웃음이 나왔다.

"아무것도 모르는 주제에."

5

수리

눈을 뜨자마자 치타 다리를 끼고 밖으로 나왔다.

혹시라도 밤에 나갔다가 태범과 마주칠까 봐 울며 겨자 먹기로 낮에 나간 것이다. 예상했던 대로 낮 시간의 한강에는 사람들이 바글거렸다. 특히 밤에는 볼 수 없었던 새로운 종족이 발견되기도 했다. 바로 파워 워킹족이다. 마스크와 선캡으로 단단히 무장한 아줌마들에게서는 그리스 신화 속 여성 무사족인 아마조네스에게서나 풍길 법한 전투 의지가 느껴졌다. 흡사 '뱃살 타도'라고 적힌 머리띠를 두르고 있는 듯했다.

나는 앞길을 가로막는 자를 불도저처럼 밀어 버릴 것 같은 기세로 전진하는 파워 워킹족을 피해 한쪽 구석에서 조용히 몸을 풀었다.

오랜만에 쬐는 직사광선은 낯설기만 했다. 검은 모자를 깊게 눌러 쓰고 뛰었지만 한 발씩 내딛을 때마다 사람들의 시선이 나에게로 모이는 게 느껴졌다. 동물원 원숭이가 된 기분이었다. 어떻게 여기서 빠져나가지, 하고 고민하고 있는데 지나가던 개가 갑자기 나를 향해 짖어 댔다. 내 치타 다리가 자신을 짓밟을 거라고 생각했는지 사력을 다해 짖었다. 개 주인도 놀라서 엄마를 찾으며 소리를 질렀다. 개는 몸집이 제법 컸는데 목줄을 하고 있어서 날 물지는 못했다. 그러나 주인을 보호하려면 날 쫓아 버려야 한다고 생각하는지 혼신을 다해 짖어 댔다.

그때 내 뒤쪽에서 또 다른 개가 짖는 소리가 들렸다. 우렁찬 소리로 보아 더 큰 개가 분명했다. 나는 뒤를 돌아볼 용기조차 나지 않았다. 달리기를 하러 나왔을 뿐인데 갑자기 개들에게 공격을 받는 처지가 되고 보니 한심하기 짝이 없었다. 순간, 개의 더운 숨결이 목덜미 가까이에서 느껴지는 것 같았다. 대체 내 뒤에 있는 개는 얼마나 크기에……. 두 발로 서 있다면 모를까. 응?

돌아보니 그곳에 태범이 서 있었다. 얼굴이 여기저기 터지고 멍들고 찢어져서 프랑켄슈타인 같았다. 그렇게 흉측한 몰골을 하고 개를 향해 으르렁거리고 있었던 거다. 기가 막혀서 쳐다보는데 태범은 오로지 개만 쳐다보고 있었다. 여차하면 와락 달려들어서 물어 버릴 태세였다. 개는 태범에게서 살벌한 기운을 감지했는지 꼬리를 뒷다리 사이로 밀어 넣고 잽싸게 주인 뒤로 가서 숨었다. 주인은 어이없다는 표정으로 우리를 번갈아 보더니 냉큼 개를 안고는 뒤돌아서 가 버렸다.

"유 아 웰컴."

태범이 어깨를 으쓱하며 말했다. 떡 줄 사람은 생각도 하지 않는데 김칫국부터 마시기는. 누가 고맙다고 할 줄 알고. 그나저나 낮에도 마주치다니, 이 녀석 대체 뭐지? 이미 땀에 푹 절어 있는 걸 보니 내가 나오기도 전부터 한강에서 달리고 있었던 모양이다. 이 긴 길 위에서 나와 마주친 건 우연이라고 해도, 뭔가 이상했다.

"너, 왜 뛰어?"

"내 맘이야."

"그렇긴 한데, 왜 하필 여기서 뛰어? 딴 데 가."

"이 한강로 네가 전세 냈냐? 나도 서울 시민이거든?"

맞는 말이라 뭐라 대꾸할 말이 없었다. 나는 태범을 무시하기로 하고 뒤로 돌아서 반대 방향으로 뛰려다가 멈추었다. 아까 개 주인이 개를 안고 간 쪽이었던 것이다. 결국 난 보란 듯이 태범을 지나쳐 뛰기 시작했다. 그런데 옆에 따라붙은 태범의 숨소리가 들려왔다. 왜, 뭐! 난 뛰면서 쏘아붙였다.

"설마 내 페이스메이커라도 되어 주겠다는 생각이라면, 필요 없으니까 꺼져."

"꿈 깨시지."

태범은 보란 듯이 날 앞질러 갔다. 난 뒤에서 졸졸 따라가는 듯한 모양새가 싫어서 기를 쓰고 달려 태범을 앞질렀다. 그렇게 엎치락뒤

치락하면서 한참을 달렸다. 대화도 없이 한나절을 뛰고 난 뒤에 우리는 각자 반대 방향으로 찢어져 헤어졌다.

다음 날 한강에 나와 보니 태범은 이미 도착해서 몸을 풀고 있었다. 대회가 얼마 남지 않아서 신경 쓰지 않으려 했지만, 키가 멀대같이 큰 녀석을 투명 인간 취급하기란 쉽지 않았다. 난 그림자처럼 들러붙는 태범을 떼어 내기 위해 초반부터 전력으로 달렸다.

갑자기 치고 나가는 내 모습에 놀란 태범이 부랴부랴 쫓아왔지만 발이 꼬여서 빌빌거렸다. 뒤를 힐끔거리며 그 모습을 보니 꽤나 고소했다. 하지만 기쁨도 잠시, 태범은 100m도 가지 않아 날 따라잡더니 그 후로 계속 내 앞에서 달렸다. 무지 빨리 달리는 것도 아니고 내 앞길을 방해할 정도로만, 내 시야에서 벗어나지 않을 정도로만 앞서 달렸다. 엉덩이에 똥침을 놔 주고 싶을 만큼 얄밉고 분했다.

시간이 지날수록 내 머릿속은 엉덩이 생각으로 가득 찼다. 태범이 아니라 내 엉덩이 말이다. 의족에 균형을 맞추느라 엉덩이가 몹시 아팠다. 이렇게 매일 오랫동안 달려 본 적이 없었기에 고통이 낯설고 당혹스러웠다. 약한 모습을 보이기 싫어서 애써 신음을 삼켰지만 엉덩이에서 시작된 통증은 다리 전체로 퍼져 곧 다리 근육이 땡땡하게 당겨오기 시작했다. 다리가 아프니까 세상천지가 다 의자로 보였다. 심지어는 꽃도 꽃받침이라는 의자에 앉아 있는 것처럼 보일 정도였다. 태어나서 이렇게 꽃이 부러웠던 적이 없었다.

태범은 내가 아픈 줄도 모르고 신나게 달리고 있었다. 순간 그 애와 함께 뛰는 게 너무 짜증이 났다. 나는 급브레이크를 밟기라도 한 듯 우뚝 멈춰 서서 야, 이 나쁜 새끼야, 로 시작해서 내가 아는 모든 욕을 퍼부어 주었다. 귓구멍으로 빠르게 날아드는 랩 같은 욕에 놀란 태범이 그제야 멈춰 서서 나를 돌아보았다. 왜 그렇게 화가 났냐고 묻는 듯한 눈빛이었다.

"한쪽 다리가 없다는 게 어떤 건지 알아? 난 너랑 다르다고!"

나는 사람들이 보거나 말거나 그 자리에 털썩 주저앉아 다리를 감싸 쥐었다. 뭉친 근육을 얼른 풀어 줘야 했다. 급한 대로 왼쪽 다리부터 주무른 뒤 오른쪽 다리로 넘어가려는데 갑자기 주먹이 잘 쥐어지지 않았다. 긴장한 채로 무리하게 달린 탓에 손에도 쥐가 난 듯했다. 잠자코 날 내려다보던 태범이 두 팔을 걷고 나섰다. 오른 다리의 무릎이 타는 듯이 아팠지만 태범의 손을 애써 물리쳤다. 태범이 내 눈을 똑바로 쳐다보면서 말했다.

"지금 근육을 풀지 않으면 또 내 등에 업혀서 병원에 가야 할 것 같은데 괜찮냐? 암만 생각해도 그건 귀찮으니까 그냥 여기서 짧게 끝내자."

또다시 저 녀석 등에 업혀서 병원에 가야 한다고? 저번에는 의식불명이라 저항도 못 했지만 같은 일을 반복할 수는 없었다. 나는 마지못해 고개를 끄덕였다. 그러고는 내 오른 다리와 그 위로 겹쳐진 태범의 손을 뚫어져라 쳐다보았다. 아무리 아파도 누구에게도 보이지 않았던 부분, 고모와 아빠에게조차 허락하지 않았던 부분을 태범이 마사지하고 있었다.

맙소사, 이럴 때는 어떤 주문을 외워야 괜찮아지는 걸까? 나는 태범의 손을 약손이라고, 하다못해 구조 대원의 손 같은 거라고 생각하려고 애썼다. 얼마 지나지 않아 다리가 한결 나아졌다. 그제야 태범의 이마에 맺힌 땀방울이 보였다. 태범도 나처럼 긴장하고 있었던 것이다.

"이제 괜찮아."

태범은 그제야 손을 뗐다. 얼마나 힘주어 주물렀는지 내 다리도 태범의 손도 새빨갰다. 마사지가 끝나자 태범은 안도의 숨을 내쉬며 옆에 벌러덩 누워 버렸다. 긴장이 풀리면서 온몸에 힘이 쫙 빠진 것이다. 태범이 물었다.

"마라톤 말이야. 꼭 완주해야 해?"

내가 아무 대답이 없자 태범이 다시 물었다.

"완주 못 하면 치타 다리를 복지관에서 다시 가져가나?"

"그런 말은 없었어. 그리고 맞춤 제작한 건데 이걸 가져간들 누굴 주겠어? 재활용할 수 있는 것도 아니고. 그래서 그렇게 비싼 건데."

대답하고 보니 뭔가 이상했다. 복지관에서는 마라톤 완주를 조건으로 나에게 치타 다리를 주었다. 내가 신청하기를 기다린 것처럼 모든 일이 일사천리로 이루어졌다. 관장님은 익명의 기부자에게 받은 돈으로 치타 다리를 제작한 거라고 했지만, 대체 뭘 믿고 그렇게 큰 돈을 선뜻 내준 걸까? 게다가 서류 작업같이 번거로운 절차도 필요할 법한데 정작 나한테 요구한 건 아무것도 없었다. 설마 나를 아는 사람인가?

나는 태범을 물끄러미 바라보았다. 태범이 큰돈을 복지관에 내서 나에게 치타 다리를 주었고, 그래서 잘 달리고 있는지 감시하려고 내 옆에서 달리는 게 아닐까? 말도 안 된다는 생각이 들었지만 그래도 혹시나 해서 물었다.

"근데 너, 진짜 노숙자 맞아?"

"뭐?"

"혹시 상속받은 돈이 있다거나, 아니면 일부러 노숙하는 척 쇼하는 거 아니야?"

"무슨 개 풀 뜯어먹는 소리야? 상속 같은 소리 하네. 너, 지금 드라마 찍냐? 아님 너무 많이 달려서 머리에도 쥐가 난 거 아니야?"

"그래, 그런가 봐. 네가 그럴 리가 없지."

태범은 황당하다는 표정으로 날 빤히 쳐다보았다. 나는 뻘쭘해서 괜히 퉁명스러운 어조로 화제를 돌렸다.

"넌 대체 뭐하러 달려? 혹시 내가 마라톤 대회에 못 나가게 방해하려는 거야? 아님, 너도 대회?"

"대회는 무슨. 그런 거 아니라도 난 이미 도망치는 덴 선수야."

"하긴, 저번에 보니까 경찰한테 잡힐까 봐 열나게 뛰더라. 넌 때린 사람도 아니고 맞은 사람인데 왜 그렇게 열심히 도망친 거야?"

"그러게. 도망치는 게 버릇이 돼서 그런가 보지."

태범은 남의 일인 양 한가하게 말했다. 하지만 말투에는 스스로를 비웃는 듯한 느낌이 묻어 있었다. 태범은 혼잣말하듯이 말을 이었다.

"처음엔 너한테 할 말이 있어서 뛰기 시작했는데, 널 쫓아가다가 보니까 이제는 잘 모르게 됐어. 내가 왜 뛰는지도."

태범은 갑자기 신발을 벗었다. 발에 물집이 잡혀 있었다. 그런데도 달리는 거였다. 누구도 그 애한테 달리라고 강요하지 않는데도, 달린다고 돈이 생기는 것도 아닌데도.

"달리는 게 힙합보다 더 좋은 것 같아. 엠피스리 건전지 구하려고 더 이상 안 맞아도 되고. 달리는 동안에는 내가 얼마나 힘든지 그것만 생각하게 돼. 죽어라 힘들면 조금만, 조금만 더 가자 하면서. 그리고 진짜 조금 더 가는 거지. 그래 봤자 아무도 날 칭찬해 주지 않는데 그냥 달리는 것만으로도…… 내가 덜 싫어져. 좀비가 아니라 사람처럼 느껴져."

나는 태범을 바라보았다. 태범이 왜 하필 내 옆에서 달리는지 알 것 같았다. 그걸 이해할 수 있는 사람은 이 세상에 나밖에 없으니까. 우린 이게 서로에게 어떤 의미인지 잘 안다. 엠피스리 건전지는 핑계였다. 태범은 자기 자신이 너무 싫어서 몇 푼 안 되는 돈에 자신을 팔아 죽도록 쥐어 터졌던 거다. 왜 그렇게 너 자신을 싫어하느냐고 묻고 싶었지만 차마 그럴 수가 없었다. 대신 나는 딴청을 부렸다.

"힙합 좋아해?"

"응?"

"아까 네가 그랬잖아. 힙합보다 달리는 게 더 좋다고."

"어쩌다 보니."

태범은 주머니에서 엠피스리를 꺼내 보여 주었다. 나는 태범이 내민 고물 엠피스리를 가져와 플레이 버튼을 눌렀다. 놀랍게도 아직 작동이 되었다. 지지직거리는 소음과 함께 노랫소리가 나왔다.

"나, 이 노래 알아. 게토 차일드인가? 그거 맞지?"

"액정 화면이 깨져 있어서 제목 같은 건 몰라."

"네 거 아니야?"

"주운 거야. 예전에."

나는 고개를 주억거리며 노래에 귀를 기울였다. 그런데 태범이 좀 어색한 얼굴을 하고 있었다. 왜? 하고 입모양으로 묻자 머쓱해하며 대답했다.

"오랫동안 혼자 듣던 걸 다른 사람이랑 들으니까 기분이 좀 이상해서."

나는 피식 웃은 뒤 말을 이었다.

"난 마지막 이 부분이 특히 좋더라. It's not where you're from, it's where you're gonna be. 어디에서 왔는지보다는 어디로 갈 것인가가 중요하다. 음, 그렇지. 맞는 말인데……."

난 말을 하려다 말고 작게 숨을 내쉬었다. 작은 숨소리와 침묵 속에 밖으로 꺼내지 못하는 많은 말들이 소용돌이치고 있었다. 그때 노래가 바뀌었다. 이번엔 태범이 자신이 좋아하는 〈비어 맘마〉라고 아는 체했다.

"뭐? 비어 맘마? 너, 이 노래 가사 모르지?"

태범은 그냥 가만히 있을걸, 뒤늦게 후회가 쓰나미처럼 밀려오는 듯한 표정으로 잠자코 있었다. 나는 가사에 귀를 기울이면서 이걸 말해 줘야 하나 말아야 하나 잠시 고민했다. 그러는 사이에도 음악은 우리 사이를 가로질러 느릿느릿 흘렀다. 그러나 노래가 끝나기도 전에 음악이 주우욱 늘어지는가 싶더니 소리가 딱 끊겼다. 태범과 나는 괜히 숙연해졌다. 나는 어색한 침묵을 깨기 위해 먼저 입을 열었다.

"뭐 어쨌거나 네가 왜 힙합을 듣는지 알 것 같아. 이런 음악은 언행일치가 무지 중요하잖아. 원칙을 중시하는 너랑 딱이네."

태범은 혼잣말처럼 그런가, 하고 말하면서 가볍게 어깨를 으쓱했다.

"근데 방금 그 노래는 비어 맘마가 아니라 〈디어 마마〉야. 투팍 노래인데, 가사는 엄마에게 이것저것 말하는 거야. 중간에 늘어지고 끊겨서 자세히는 모르겠다. 궁금하면 나중에 한번 찾아보든지."

나는 그 말을 끝으로 자리에서 벌떡 일어나 인사도 없이 걷기 시작했다. 오늘은 달릴 만큼 달렸으니까 이쯤에서 일어나야지. 잠시 후 뒤를 돌아보았지만 태범은 그 자리에 없었다. 나는 태범이 있던 자리를 한참 동안 바라보았다.

태범

해가 질 무렵, 일찌감치 지하도로 갔다.

이미 자리를 잡은 노숙자들의 손에는 담배와 소주병이 들려 있었다. 교회를 돌면서 푼돈을 모아 샀을 것이다. 조만간 나도 짤짤이를 하러 다녀야 할지도 모르겠다. 그런 것 없이 보내기엔 하루가 너무 길었다.

다행히 오늘은 긴 밤을 버티게 해 줄 일용할 양식이 있었다. 무료 배식 때 노숙자들에게 부식 봉지를 챙겨 주었던 것이다. 나는 벽 쪽으로 등을 돌린 채 몰래 봉지를 열어 보았다. 초코파이와 귤, 바나나, 음료수가 들어 있었다. 크리스마스도 아닌데 수확이 쏠쏠했다. 일단 초코파이를 집었다가 다시 내려놓았다. 달콤한 냄새가 퍼지면 다른 노숙자들이 들러붙을 수도 있기 때문이다. 귤이나 바나나도 마찬가지였다. 냄새가 덜 나는 음료수를 꺼내 마시려다가 이따 화장실에 가고 싶어질까 봐 참았다. 화장실에 간 사이에 자리를 빼앗길지도 모르니까.

잠이나 자려고 박스 위로 드러눕는데, 건너편에 잔뜩 구겨진 비닐을 얼굴에 쓴 것처럼 주름이 자글자글한 할머니가 보였다. 순간, 숨이 턱 막혔다. 복권 할아버지와 묘하게 닮아 있었다. 할머니가 복권 할아버지가 입고 있던 얇은 점퍼와 똑같은 것을 입고 있어서 착각한 것이었다. 주름 할머니의 점퍼는 복권 할아버지의 것과 색이 똑같았지만 디자인까지 같은지는 확신할 수 없었다. 설사 그렇다고 해도 그때 그 옷이 맞는지는……. 할아버지를 떠올려 보려고 했지만 생김새와 목소리는 흐릿해진 지 오래였다. 숟가락처럼 엎어져 있었던 마지막 모습만 선명히 떠오를 뿐이었다.

나는 할아버지와 다른 점을 찾기 위해 주름 할머니를 가만히 살펴보았다. 할머니 곁에는 커다란 혹 같은 떠돌이 개가 서성이고 있었다.

할머니가 먹을 걸 조금 떼어서 흔들자 개는 잔뜩 경계하면서 할머니를 흘끔거렸다. 하지만 허기가 의심을 이겼다. 휘적휘적 걸어온 개가 할머니의 손에 놓인 빵 쪼가리를 씹지도 않고 꿀꺽 삼켰다. 나는 코웃음을 치며 그 모습을 지켜보다가 등을 돌리고 누웠다. 어차피 나와는 상관없는 일이었다.

하지만 너무 추워서 쉽사리 잠이 오지 않았다. 지하도에는 영영 봄이 오지 않을 것만 같았다. 옆으로 돌아눕는데 몸 어딘가에서 우드득 소리가 났다. 아까 수리에게 미처 말하지 못한 게 있다. 내가 달리는 여러 이유 중 하나는 몸에 열을 내기 위해서다. 달릴 때는 추위를 잊을 수 있지만 24시간 달릴 순 없었다. 이를 딱딱거리지 않기 위해 어금니에 힘을 준 채 버텼다.

잠시 후 잠이 안 오는 진짜 이유를 깨달았다. 바로 복권 할아버지와 같은 점퍼를 입은 주름 할머니 때문이었다. 만에 하나라도 그런 일이 또 벌어지면 어쩌나, 하는 걱정 때문에 잠을 이룰 수가 없었던 것이다. 신문지 같은 거라도 더 구해 와서 덮어 줘야 하나? 신문지만으로는 안 될 것 같은데……. 야, 웬 오지랖이야? 가족도 못 챙기는 주제에. 스스로에게 쏘아붙인 뒤 이를 앙다물었다.

그런데 옆에서 태평하게 코 고는 소리가 들려왔다. 하루 이틀 일도 아니고 무시하려고 했지만 오늘따라 무척 거슬렸다. 평소와는 소리가 좀 달랐기 때문이다. 신경질적으로 눈을 떠서 주름 할머니 쪽을 보았는데, 코를 고는 건 떠돌이 개였다. 개는 주름 할머니의 팔 위에 제

머리를 척 올린 채 세상모르고 깊이 잠들어 있었다. 할머니와 개는 추운 밤 서로 온기를 나누고 있었다.

그 모습을 지워 버리려고 반대편으로 돌아누웠다. 그런데 벽에 거울이 있는 것처럼 자꾸만 둘의 모습이 눈앞에 아른거렸다. 나는 다시 몸을 돌려서 그들을 바라보았다.

"혼자는 안 돼. 혼자로는 안 돼."

나는 주문을 외우는 것처럼 혼잣말을 했다. 내 눈에는 항상 파란 집이 보였고, 엄마가 오늘 하루 나쁜 기억에 붙들리지 않고 잘 지냈을지 걱정이 되었다. 수리가 한 말이 다시금 떠올랐다.

"빌어먹을 집에 집착하지 않는 게 세 번째 원칙이라고 했지? 근데 하나만 묻자. 집을 버리려는 거야, 아니면 가족을 버리려는 거야? 그것도 아니면 네 과거? 근데 말야, 그게 버린다고 버려지는 건가?"

모든 게 뒤죽박죽 뒤엉킨 것만 같았다. 귀에 꽂을 이어폰이 없다는 게 사뭇 아쉬웠다. 내 귀는 물론이고 생각도 틀어막을 귀마개 같은 이어폰이 있었다면 이런 생각에 붙들리지 않았을 텐데. 아까 수리와 헤어지면서 그 자리에 엠피스리와 함께 버리고 왔던 것이다. 생각은 멈추지 않고 계속 이어졌다. 출구가 어딘지도 모르면서 한 줄기 빛을 따라 무작정 걸어가는 기분이었다. 혼자는 안 돼. 나 혼자로는 안 돼.

나는 몸을 일으켜 건너편으로 가서 주름 할머니를 흔들어 깨웠다. 그새 할머니와 친해졌는지 떠돌이 개가 으르렁거리며 날 위협했다. 부스스 잠에서 깬 할머니는 경계심이 가득한 눈으로 날 올려다보았다. 나는 부식 봉지를 건네며 말했다.

"부탁이 있어요."

사람들은 쉴 곳을 찾아 밤이고 낮이고 이곳저곳을 헤맸다. 나는 그런 사람들을 지켜보았다. 주로 사람들이 삼삼오오 모여 있는 서울역과 그 부근의 지하도와 무료 배식 줄이 내 활동지다. 나는 눈을 크게 뜨고 그들을 관찰했다. 파란 집으로 아무 노숙자나 막 보내지는 않았다. 괜찮겠다 싶은 사람만 골라서 파란 집을 가르쳐 주었다. 공짜로 쉴 수 있는 곳이라면서.

그때 다리를 심하게 저는 노숙자가 눈에 들어왔다. 화려한 모피를 두른 채 삼선 슬리퍼를 질질 끌고 다녔다. 야외 주차장에서 노숙자 무리에게 죽도록 얻어맞은 바로 그 삼선 아저씨였다. 나도 그 무리에게 맞아 보았기 때문에 얼마나 아픈지 알고 있었다. 호루라기 소리가 아니었다면 나도 곤죽이 되었을 것이다. 괜히 마음이 불편해서 자리를 옮기려는데 삼선 아저씨가 다가와 팔을 덥석 잡았다.

"나도 나도."

"네?"

"나도 집 갈래."

"무슨 말인지……."

"너, 사람들을 집에 보내 준다며? 나도 보내 줘. 여기 너무 아파."

나는 고개를 돌려 주위를 살폈다. 노숙자들이 나를 힐끔거리고 있었다. 소문이 일파만파 퍼져 있었다. 저 후드티 입은 녀석이 쉴 만한 곳을 소개해 준다고. 거긴 지정 쉼터처럼 깐깐한 규칙도 없다고. 어디서 소문을 들었는지, 삼선 아저씨는 날 붙잡고 애걸복걸했다.

"그런 거 몰라요. 안 해요."

나는 나를 쳐다보는 사람들에게 똑똑히 들으라는 듯이 큰 소리로 말했다. 팔을 거칠게 뿌리치고 도망가려는데 삼선 아저씨가 다급하게 외쳤다.

"너, 그때 암것도 안 했다. 나만 맞았다."

나는 우뚝 멈추어서 삼선 아저씨를 돌아보았다. 정신이 오락가락해서 모를 줄 알았는데, 그날 일을 기억하고 있었다. 그때는 정말 어쩔 수 없는 상황이었지만 정말로 미안했다. 하지만 우리가 모래로 밥을 지어 먹었던 소꿉친구도 아니고 내가 삼선 아저씨를 구해 줘야 할 의무 같은 건 없었다. 그래도 그때 내가 구석에 쭈그리고 앉아 있는 대신에 경찰서라도 갔다면, 서울역 관리자라도 불러왔다면, 아저씨는 지금처럼 다리를 절지 않았을지도 모른다.

나는 침을 꿀꺽 삼키면서 아저씨에게 다가갔다. 그때 그의 목에 걸린 낡은 호루라기가 보였다. 축구 경기에서 진 날, 사내의 무리에게서 죽도록 얻어맞을 때 들려왔던 호루라기 소리. 나는 삼선 아저씨를 보았다. 인조 모피가 군데군데 털이 빠져 볼품없었다.

나는 서울역 뒤편의 구석진 곳으로 갔다. 삼선 아저씨는 순순히 나를 따라왔다. 나는 혼자만 알고 있으라고 신신당부를 하며 조그맣게 말했다.

“개나소나집이 어디에 있느냐면요.”

삼선 아저씨는 손으로 귀를 판 뒤 물었다.

“개집?”

“아니, 개나소나집이요. 내가 지은 이름이에요. 개나 소나 다 자기들 집이 있잖아요. 우리 같은 사람들한테도 그런 집 하나 있어도 괜찮을 것 같아서요. 어쨌든 여기서 좀 많이 걸어야 하는데…….”

봉사 단체에서는 봄이 왔다면서 배식 장소를 야외로 옮겼다. 서울역 앞에 셀 수 없이 많은 노숙자들이 길게 줄을 서 있었다. 급식차를 기다리는 것이었다. 줄을 선 노숙자들의 어깨에는 우산과 배낭, 일인용 깔개가 봇짐처럼 들려 있었다. 얼핏 보면 무슨 방랑 시인들 같기도 했다. 나는 줄의 맨 끝에 가서 섰다. 사람들은 그 옆을 스쳐 지나면서 뜨악한 얼굴로 노숙자들을 훑어보았다. 일부러 노숙자들을 쳐다보지도 않은 채 앞만 보며 걷는 사람들도 있었다.

시간이 꽤 지난 후에야 내 차례가 되었다. 앞치마를 두른 봉사자가 밥을 퍼 주었다. 새로 왔는지 처음 보는 얼굴이었다. 봉사자는 앞치마 안에 깨끗한 겉옷을 입고 있었다. 손목에는 시계가 비싼 혹처럼 매달려 있었다. 신참 봉사자는 내 식판 위에 밥을 아낌없이 퍼서 얹어 주었다. 그렇게 퍼 주다가는 나중에 모자랄 게 뻔했지만 나는 아무 말도 하지 않았다. 어쨌든 내가 많이 먹는 거니까. 혹시라도 마음이 변할까 봐 얼른 옆으로 비켜섰다. 그런데 내가 움직이는 순간 말을 걸어왔다.

"맛있게 드세요."

일일이 친절하게 인사까지 건네는 걸 보니 신참이 확실했다. 다른 노숙자들은 대꾸 없이 밥만 타 갔지만 나는 한마디 해 주고 싶었다. 우물쭈물하는 사이에 뒤에 있던 노숙자가 빨리 좀 가라고 등을 툭 쳐서 민망한 얼굴로 이동했다.

나는 계단 끄트머리에 자리를 잡고 앉았다. 오늘의 메뉴는 미역국, 깍두기, 어묵 조림이었다. 얼른 숟가락부터 들었다. 날씨가 아직 추운 데다 야외라서 음식이 금방 식기 때문에 다들 허겁지겁 먹고 있었다. 차가우면 넘기기가 더 힘드니까.

나도 서둘러 밥을 먹으려는데 근처에서 익숙한 옆모습이 눈에 띄었다. 약한 자에게 맹수처럼 사납게 굴던 사내였다. 그런데 딴사람이라고 오해할 만큼 전과 다른 모습이었다. 심하게 마른 데다 얼굴도 무척 검었다. 사내는 밥을 빨리 먹지 못했다. 숟가락을 든 오른쪽 손가락이 이상한 각도로 굽아 있었고, 입을 벌릴 때 보니 송곳니 끝이 부러져 있었다. 그리고 무엇보다 사내는 혼자였다. 그동안 무슨 일이 있었던 건지, 병풍처럼 사내를 둘러싸고 있던 무리가 보이지 않았다.

사내는 자신을 지켜보는 시선을 느꼈는지 고개를 번뜩 들었다. 곧이어 나와 눈이 마주쳤다. 자신이 아직 건재하다는 걸 보여 주려는 것인지 숟가락을 무기처럼 꽉 쥐고 날 노려보았다. 나는 모르는 척 눈을 내리깔고 몸을 돌렸다. 그러고는 아무것도 못 본 것처럼 서둘러 국물을 후루룩 마셨다.

그때 줄을 선 사람들 사이를 요란하게 헤치고 다니는 한 사람이 눈에 들어왔다. 엄마였다. 엄마는 줄 선 사람들의 얼굴을 하나하나 확인하고 있었다. 사람들은 엄마가 새치기를 하려는 줄 알고 노골적으로 경계심을 드러내며 마구 밀쳤다. 난 식판도 내팽개치고 달려가 엄마를 붙들고 괜찮으냐고 물었다. 엄마는 내 손을 내치고는 혼자 힘으로 일어나 콧김을 뿜었다. 그 쌀쌀맞은 태도에도 난 반가운 마음이 앞서 가슴이 먹먹해졌다.

"날 찾아온 거야? 날 보려고 여기까지?"

감격에 겨워 말하는 나와 달리, 엄마는 거칠게 숨을 몰아쉴 뿐이었다. 엄마는 내가 자꾸만 노숙자들을 집으로 보내서 돌아 버릴 지경이었던 것이다. 그들은 다짜고짜 집 안으로 들어와 내가 편하게 지내도 된다고 했다면서 손수 물건을 치우고 집 안 여기저기에 자리를 잡았다. 물론 그건 다 내가 부탁한 거였다.

엄마는 속수무책으로 당하고 있다가 집을 지키기 위해 조금씩 정신을 차렸다. 그러다가 주름 할머니가 슬쩍 흘리는 말을 들은 것이다. 이 집에 자주 왔던 소년이 서울역에서 사람들에게 이곳을 알려 줘서 오게 된 거라고. 얼마 전에 수도 검침하는 사람들을 몰아낸 바로 그 소년이라고.

그 순간, 엄마는 나를 기억해 냈다. 그 기억을 붙잡고 여기까지 날 찾아온 거였다. 모두 내가 계획한 거였지만 실제로 이루어질 줄은 몰랐다. 엄마의 기억이 점점 촘촘해지고 있었다. 엄마는 모르겠지만, 그건 엄마가 내게 줄 수 있는 최고의 선물이었다. 가슴이 뛰었다. 하지만 엄마는 나에게 무척 화가 나서 발을 구르며 목소리를 높였다.

"나, 나한테 왜, 왜 그러는 거야! 왜 자꾸 날 괴롭혀!"

"괴롭히는 거 아닌데."

"네, 네가 오기 전까지 난 해, 행복했는데! 네가 사람들을 막 보내서 집이 엉망이 되고, 네가 다 망쳤어!"

"그건……."

나는 말문이 턱 막혔다. 그동안 엄마가 집에 물건을 가득 채우며 행복했다고 하니 뭐라고 해야 할지 모르겠다. 그게 행복이었다고 계속 우기면 어쩌지? 하지만 여기서 무너질 순 없었다.

"그건 가짜 행복이야. 가족도 못 알아보고 물건만 모아서 집 안을 채우는 게 어떻게 행복이야? 물건들로 그 기억들을 눌러 둔다고 해결되는 건 아니잖아. 다시 그때 그 일이 기억나는 순간이 오면, 또 죽으려고 할 거잖아!"

엄마는 아무 말도 하지 않았다. 내가 죽으려고 했다니? 대체 무슨 말을 하는 거냐고 되묻는 듯한 얼굴이었다. 어렴풋이 그런 일이 있었던 것 같기도 한데, 그렇다고 해도 네가 어떻게 아는 거지? 넌 대체 누구야? 엄마는 얼굴에 생각이 고스란히 다 드러나는 사람이었다. 남을 속이는 일 따위는 결코 할 수 없었다.

"그래서 뭐, 뭘 어쩌려는 거야?"

"할 수 있는 건 뭐든 다 할 거야. 포기하지 않고 끝까지!"

나는 단단한 목소리로 다짐하듯이 말했다. 엄마는 날 쏘아본 뒤 다신 내 집에 얼씬하지 말라고 엄포를 놓고 돌아섰다. 난 엄마가 멀어지는 모습을 오래도록 바라보았다.

한참 후에야 식판을 놓아둔 곳으로 다시 갔다. 국이 반이나 남아 있었지만 더는 김이 피어오르지 않았다. 벌써 식어 버린 것이다. 딱딱하게 굳어 버린 밥을 식은 국에 말아 부지런히 입속에 밀어 넣었다. 내 말에 책임을 지기 위해서는 앞으로 더 힘을 내야 하니까.

6

수리

벌써 한 달째다. 태범은 코빼기도 보이지 않았다.

이른 아침에 물병을 두 개 챙겨서 한강으로 나갔지만 태범은 없었다. 나란히 앉아 이런저런 이야기를 나누던 자리에는 고물 엠피스리만 덩그러니 남아 있었다. 실수로 떨어뜨리고 갔나 싶어서 챙겨 두었지만 그 후로 감감무소식이었다.

잘 살고 있나? 어디 가서 또 얻어맞고 있는 건 아니겠지? 혹시나 해서 그 공사장에 가 보았지만 공사가 재개되었는지 인부들로 북적이며 활기를 띠고 있었다. 예상치 못한 광경이었다. 그곳은 언제까지고 황폐하게 버려져 있을 것만 같았는데…….

모든 게 변했고 모두가 달라졌다. 어제와 같은 오늘은 없다. 상처는 더 곪아서 썩어 버리거나 아니면 새살이 차올라 조금씩 아문다. 나는 어느 쪽일까? 당연히 후자라고 말하고 싶지만 뭔가 마음에 걸렸다. 빨리 나으라고 반창고를 붙였는데 알고 보니 전혀 엉뚱한 곳에 붙여 놓은 것 같은 기분이랄까? 분명히 내가 눈치채지 못한 무언가가 더 있는 것 같은데 그게 뭔지 실체가 잡히지 않아 답답했다.

생각이 집요하게 굴을 파고 들어갈수록 달리기도 뛰는 둥 마는 둥 영 속도가 나질 않았다. 정신을 차려 보니 빈 유모차를 지지대 삼아 밀면서 산책 나온 한 할머니와 무슨 커플인 것마냥 나란히 속도를 맞춰 가고 있었다. 할머니가 나를 향해 장난스럽게 눈을 찡긋해 보였다. 자신의 속도를 한번 따라잡아 보라고 도발하는 것 같았다. 완전 맙소사였다.

"아, 비가 올 것 같네. 비가."

나는 괜히 혼잣말을 하면서 속도를 내어 달리기 시작했다. 그러고는 서툰 목수가 연장 탓하듯이 다리가 구려서 달리기가 안 된다며 구시렁거렸다. 자동차 바퀴도 험하게 쓰면 빨리 닳는다던데, 내 다리도 그런 게 아닐까? 하지만 이 다리는 과학적으로 설계된 비싼 거라던데 이렇게나 빨리?

내가 착용하고 있는 달리기 전용 의족은 육상 선수들이 달릴 때의 실제 모습을 시뮬레이션해서 만들었다. 달릴 때 발가락의 둥근 부분만 트랙을 치는 걸 보고 만든 거라, 착용하면 슬근과 둔근이 수축되어서 발끝으로 서 있는 것처럼 할 수 있다. 치타 다리를 착용하면 탄성이 좋긴 하지만 그래도 충격으로 인한 고통은 여전하다. 마치 잘린 다리 끝에 압정이 박히는 느낌이랄까?

나는 산책로의 가장자리로 빠져나와 벤치에 털썩 주저앉았다. 그러고는 사람들이 보거나 말거나 치타 다리를 분리했다. 그사이에 나는 꽤 얼굴이 두꺼워져서 이런 일쯤은 이제 일도 아니었다. 빨간 모자를 눌러쓴 교관처럼 목소리를 깔고 치타 다리에게 말했다.

"대회도 얼마 안 남았는데, 우리 제대로 좀 하자. 응?"

치타 다리는 졸았는지 대답이 없었다. 짜식이 그럴 거면서 진즉에 좀 잘하면 얼마나 좋아? 나는 티셔츠를 쭉 잡아당겨서 치타 다리 끝 부분에 고인 땀을 닦아 냈다. 미우나 고우나 이젠 내 다리니까. 그런데 이렇게 분리해 놓고 보니, 요즘 내 맘에 걸리던 게 뭔지 점점 선명해졌다.

지난번에 태범이 나에게 물은 적이 있었다. 이렇게 힘들어하면서도 달리는 이유가 치타 다리 때문이냐고, 마라톤 완주를 못 하면 다리를 복지관에서 다시 가져갈까 봐 그러는 거냐고. 그때 난 이 다리가 맞춤 제작된 거라 그럴 순 없을 거라고 대답했다. 그런데 태범이 지적한 것처럼 정말 뭔가 좀 이상했다.

이런 비싼 다리를, 날 전혀 모르는 사람이 옜다 가져라 하면서 줬다고? 다리를 맞춘 후에도 내가 잘 달리는지 살피는 사람도 없고, 생각해 보니까 완주 역시 언제까지 반드시 해내야만 한다는 명확한 기간조차 정해 놓지 않았다. 나는 다리를 물끄러미 내려다보았다. 뭔가 있는 게 분명했다.

"무슨 일이니?"

관장님은 갑자기 복지관에 나타난 나를 보고 의아해하며 물었다. 나는 최대한 자연스럽게 보이려고 애썼지만 평소보다 두 음 정도 높은 목소리로 어색하게 대답했다.

"당연히 봉사하려고 왔죠. 저, 아직 봉사 시간 많이 남았잖아요."

"오늘은 봉사하는 날도 아닌데? 그리고 저번에 대회가 끝나기 전까지는 연습 때문에 못 나오니까 양해해 달라고 했었잖아."

"아, 그게 그러니까……. 그럼 오늘은 봉사 못 해요?"

토요일이라 주말 봉사를 나온 직장인들을 힐끔거리며 묻자 관장님은 흠 하는 소리를 삼키며 내 다리를 쳐다보았다. 내가 치타 다리를 끼고 왔기 때문이다. 이건 달릴 때나 쓰는 거지, 일상생활 중에는, 그것도 실내에서 봉사할 때는 결코 착용할 수 없는 거였다. 어떻게 말을 꺼내야 할지 몰라서 일단 봉사 핑계를 댔던 건데, 치타 다리 때문에 딱 걸리고 말았다. 관장님은 착 가라앉은 목소리로 다시 물었다.

"무슨 일 있니?"

"그게…… 저 이제 안 달릴래요. 힘들어서 도저히 못 해 먹겠어요. 애초에 이런 결심을 한 것부터가 잘못이었어요. 마라톤 대회 안 나가요. 더는 안 해요. 죽었다 깨어나도 못 하겠어요. 그러니까 이 다리 돌려 드릴게요. 제가 직접 기부하신 분을 찾아뵙고 말씀드리는 게 좋겠어요. 폐를 끼쳤으니 당연히 직접 사과드리는 게 맞죠."

준비한 말을 국어책 읽듯이 또박또박 전하자 관장님은 몹시 당황한 얼굴로 손사래를 쳤다.

"아니, 그럴 필요까지는……. 그분도 그런 걸 원하시진 않을 거야."

"그분 생각을 관장님이 어떻게 아세요? 관장님, 대체 그 기부자가 누구예요?"

"……."

"말씀해 주세요. 제가 아는 사람이죠? 맞죠?"

관장님은 날 꿰뚫어 보기라도 할 듯이 가만히 쳐다보았다. 아무래도 내 발연기가 너무 어색했나 보다. 그러더니 무슨 상황인지 알겠다는 얼굴로 고개를 두어 번 끄덕인 뒤, 나를 이끌고 마당 구석의 벤치에 가서 앉았다. 아무리 물어도 익명의 기부자를 밝힐 수 없다고 거절할 줄 알았는데 관장님은 순순히 이야기를 해 주었다.

"네 고모다."

"네? 그게 무슨 말도 안 되는……. 고모는 그럴 만한 돈이 없어요. 아니, 그리고 고모가 왜……."

"처음부터 이야기해 주마. 네가 자동차를 파손한 것 때문에 복지관에 봉사 활동을 하러 왔을 때 기억나니? 봉사를 시작한 지 며칠 지나지 않아서 날 찾아와 말했지? 치타 다리가 필요하다고. 엄청나게 비싼 건 알지만 나중에 어른이 되면 꼭 갚을 테니까 좀 빌려줄 순 없느냐고. 그때 내가 물었잖아. 왜 그 다리가 꼭 필요하냐고. 그랬더니 네가…….”

“아빠를 위해서 달려야 한다고 했죠.”

“그래, 그래서 무슨 사연이 있는지, 너에 대해서 더 알고 싶어졌어. 그러다가 네 고모와 연락이 닿았고, 네 아버지 소식도 들었지. 한순간의 잘못된 선택으로 교도소에 있는데, 그 일로 인한 죄책감과 너에 대한 걱정으로 여러 일이 있었다고. 네 사정은 딱하지만 요즘은 경기도 안 좋아서 그렇게 통 큰 기부자를 찾기는 어려울 거라고 네 고모에게 솔직하게 말했단다. 그러니 네가 상처받지 않도록 잘 다독여 달라고 부탁했어. 그런데 그다음 날, 네 고모가 아침 일찍 날 찾아왔더구나. 거액의 돈이 담긴 통장을 내밀면서 네 치타 다리를 제작해 달라고 했지. 자신은 익명의 기부자로 해 달라면서 말이야.”

“하지만, 이해가 안 돼요. 고모는 정말로 돈이 없어요. 누구보다 제가 잘 안다고요. 마트 월급도 제때 안 나오는데……. 혹시 아빠 가게랑 집을 판 돈인가요? 하지만 제 병원비랑 아빠 재판 비용 때문에 남은 게 없을 텐데…….”

“그게 마지막 남은 돈이었나 보더라.”

관장님은 낮은 목소리로 이야기를 계속해 나갔다. 고모는 그 돈을 아빠의 마지막 항소 비용으로 쓰려고 악착같이 모았다. 조금이라도 형을 줄이려고 쉬는 날이면 변호사들을 쫓아다니고 아빠를 만나러 면회를 갔던 것이다.

그러나 아빠의 생각은 단호했다. 날 위해 헛돈 쓰지 마라. 앞으로 수리에게 필요한 게 많을 거다. 부족하겠지만 그 돈 보태서 써라. 내가 해 줄 수 있는 건 그것뿐이니까. 아빠는 고모가 더는 못 찾아오게, 항소를 포기하게 만들려고 안에서 문제를 일으키기 시작했다. 그래서 고모는 고심 끝에 그 돈을 내 치타 다리를 맞추는 데 쓴 것이다. 아빠가 항소를 포기한 비용으로 산 다리라는 걸 알면, 내가 안 받을까 봐 복지관 관장님에게 부탁한 거였다.

관장님은 말을 마치고 내 어깨를 꽉 잡아 주었다.

"언제까지고 숨길 순 없는 거니까."

대범

이 정도면 됐다 싶을 때, 나는 집으로 갔다.

내 손에는 엄마에게 줄 부식 봉지가 들려 있었다. 이제는 집이 좀 달라졌겠지, 내심 기대하면서. 하지만 내가 사람들을 너무 많이 보낸 모양이었다. 개나소나집은 사람들로 북적였다. 시장 한 귀퉁이를 잘라 옮겨 놓은 것처럼 집은 부산스러웠고 악취는 더욱 심해졌다. 서로 자기 자리라며 다투는 것부터 별거 아닌 걸로 자잘한 싸움들이 끊이지 않았다. 괜찮은 사람만 골라 보내려고 했지만 그들 모두가 착한 사람은 아니었다. 계획을 철저하게 세워도 인생은 좀체 생각처럼 풀리지 않았다.

엄마는 그들 사이에서 물건을 지키느라 바빴다. 안방에 쌓인 옷 중에서 마음에 드는 걸 골라 챙기는 주름 할머니를 상대하고 있으면 저쪽에서 떠돌이 개가 짖어 댔다. 서둘러 개가 있던 곳에 가 보면 똥을 한 바가지 싸 놓은 후였다. 그럼 엄마는 개를 밖으로 쫓아낸 뒤 똥을 치웠다. 겨우 허리를 펴고 일어나 보면 이번에 삼선 아저씨가 무슨 의식을 벌이겠다면서 크게 원을 그리며 돌다가 물건 탑을 쓰러뜨렸다.

그 정도는 양반이었다. 내가 보낸 노숙자들 대부분은 자신이 편하게 쉴 만한 공간을 확보하기 위해서 물건들을 부지런히 밖으로 옮기거나 쓸 만한 건 고물상에게 팔아서 이득을 챙기기 바빴다. 나에겐 든든한 지원군인 그들이 엄마에겐 큰 골칫거리였다. 어쨌거나 그들을 통해 집 안에 가득 찬 물건들을 빼는 게 내 목적이었으니까.

엄마는 다크서클이 턱까지 내려와 있었다. 이러다 엄마가 쓰러질 것 같아서 사람들에게 영등포 쪽에서 오늘 점심으로 갈비탕이 나온다더라, 하고 썰을 풀었다. 사람들은 속는 셈치고 밖으로 우르르 몰려 나갔다. 난 엄마가 조용한 집에서 눈이라도 좀 붙이길 바랐지만, 엄마는 사람들이 빠져나간 공간만 보고 있었다. 내 눈엔 아직도 물건들이 많았지만, 엄마 눈에는 물건들이 사라진 텅 빈 공간만 보이는 것 같았다.

노숙자들과 합숙 좀 한다고 엄마가 단번에 변할 거라고 기대한 건 아니다. 이건 오랜 시간을 두고 풀어야 할 문제니까. 그런데 정말 시간이 흐르면 엄마가 달라질까? 이 방법이 맞긴 한 걸까? 나는 미심쩍어도 일단은 밀고 나가기로 했다.

"이제 그만해. 엄마 혼자 저 사람들을 다 상대할 수는 없어."

엄마는 내 말이 안 들리는지 우두커니 서서 빈 공간에 있던 물건이 뭐였는지 떠올리려고 애쓰다가 옷부터, 옷부터 하고 중얼거리며 자전거를 끌고 밖으로 나갔다. 나는 엄마를 따라 나가려다가 그대로 멈춰 섰다. 나무 뒤에 수리가 서 있는 게 보였기 때문이다.

마당 끝에 자리를 잡고 앉은 수리가 주머니에서 엠피스리를 꺼내 나에게 던져 주었다. 마치 이걸 주기 위해 찾아온 것처럼. 이 고물은 버려도 버려도 자꾸만 나에게 돌아온다. 수리비를 생각하면 배보다 배꼽이 더 클 것 같은데. 나는 고물 엠피스리를 손에 쥐고 만지작거렸다. 어떻게 말을 꺼내야 하나 고민하고 있는데 수리가 먼저 말문을 열었다.

"아까 뒷모습만 얼핏 봤는데…… 많이 안 좋으셔?"

"날 못 알아봐. 아니다, 가끔 알아볼 때도 있었네. 내가 커 갈수록 눈 코 입이 그 남자 판박이거든. 엄마는 내 얼굴을 보고 벌벌 떨곤 했어. 그래서 집에 있을 수가 없어서 밖으로 나돌았는데, 오랜만에 오니까 집 안에 물건들이 산더미처럼 쌓여 있더라. 내가 집을 비운 사이에 엄청나게 모아 놨더라고. 다 자식들 줄 거래. 동생은 없으니까 그럼 그게 다 내 거라는 얘긴데, 그것들 때문에 난 집에 들어갈 수도 없었어. 웃기지 않냐?"

"지금도?"

나는 수리에게 지하도에서 주름 할머니와 떠돌이 개를 만난 이야기부터 해 주었다. 개나소나집이라는 말에 수리가 조금 웃었다. 파란 집보단 낫네, 하고 맞장구를 쳤지만 웃는 모습이 어딘가 모르게 쓸쓸해 보였다. 아무래도 내 얘길 들으러 여기까지 온 것 같지는 않았다. 나는 수리에게 더 많은 이야길 해 주고 싶었지만, 그쯤에서 내 소식을 마무리했다.

"솔직히 말하면, 둘만 있을 때보다 문제가 더 많아. 그러다 보니까 엄마와 내 문제에 파고들 수가 없더라. 요즘은 그렇게 버티고 있어. 다른 사람들이 똥 싸 놓은 거 치우면서."

그때 떠돌이 개가 우리 쪽으로 어슬렁거리며 다가와 나무 옆에 오줌을 쌌다. 영역 표시였다. 수리가 방해 말고 저쪽으로 가라면서 으르렁거렸다. 떠돌이 개는 고개를 갸웃하면서 별 이상한 인간을 다 보겠네, 하는 눈빛을 보낸 뒤 총총 가 버렸다.

난 소리 내어 크게 웃고는 수리에게 기선 제압을 확실하게 하려면 눈을 더 부릅뜨고 소리를 더 낮게 내야 한다고 가르쳐 주었다. 수리는 개랑은 합이 잘 안 맞는 것 같다며 어깨를 으쓱했다.

"넌 어떻게 지냈어? 다리 보니까 오늘도 뛰다가 온 거야?"

"그럼, 대회가 코앞이잖아. 근데 연습만 한 건 아니고……."

"……?"

"나 사실, 오늘 복지관 갔었어. 저번에 네가 말한 게 아무래도 맘에 걸려서. 그리고 이 치타 다리를 준 익명의 기부자가 누군지 알았어."

수리는 나를 찾아온 이유를 허심탄회하게 털어놓았다. 공사장에도 갔다가 서울역에도 갔다가 혹시 하는 마음으로 여기까지 왔다고 했다. 모든 이들이 꺼리는 파란 집에, 다른 사람도 아닌 수리가 직접 오다니……. 대체 무슨 일이 있었던 거지?

"난 아빠가 자꾸만 스스로를 괴롭히니까, 내가 괜찮다는 걸 보여주려고 달린 거야. 아빠한테, 나 괜찮다. 그러니까 거기서 몸 상하게 하지 말고, 제발 잘 있다가 나와. 이렇게 말하려고 했는데……."

수리의 말은 자꾸만 뚝뚝 끊어졌다. 아무리 끔찍하고 슬픈 일이라도 담백하게 말하던 예전의 모습은 찾아볼 수 없었다. 수리는 활짝 편 손바닥으로 허벅지를 계속 문지르면서 두서없이 이야기했다. 수리가 받은 충격과 상심이 자꾸 끊기는 말의 행간에서 고스란히 느껴졌다.

"몸이 상하다니?"

내 물음에 수리가 갑자기 고개를 뒤로 홱 젖혔다. 왜 그러냐고 묻자 잠깐만 기다리라고 했다. 그러고는 눈을 감은 채 가만히 있었다. 나는 수리가 편하게 울 수 있도록 아무 말 없이 기다려 주었다. 이내 마음을 가라앉힌 수리가 아까와는 달리 차분한 어조로 말을 이었다.

"우리 아빤 원래 열 평짜리 작은 가게에서 만두 빚던 사람이야. 음식이라곤 오로지 만두밖에 몰랐지. 그래서 난 어릴 때부터 생일날이면 미역국 대신 만둣국을 먹었어. 어린이날엔 아빠가 특별하게 만든 꽃 모양 만두를, 크리스마스엔 별 모양 만두를 먹고 컸지. 추석에도 송편 대신 만두를 빚었고, 설날엔 두말할 것도 없이 떡만둣국이었어. 그런 아빠가 손에 피를 묻혔으니 제정신일 리가 없겠지. 사람들한테 맛있는 거 먹이는 게 평생의 기쁨인 사람인데……. 사람을 죽인 데다 감옥에 갇혀 있어서 다리가 성치 못한 딸도 더는 보살필 수가 없으니까. 아빠 면회를 갔다가 못 보고 돌아온 날 고모한테 들었어. 감옥 안에서 주먹다짐하는 사람들 사이에 끼어들어서 맞았다나 봐. 교도관 말로는 실컷 맞으려고 일부러 그런 것 같대. 그래서 그날은 아빠를 만날 수조차 없었지. 한번은 벽에 계속 머리를 찧다가 교도관이 와서 겨우 말린 적도 있대. 우리 아빤…… 자기 자신을 도저히 용서할 수가 없나 봐."

나는 아무 말도 하지 못했다. 오랜만에 만난 수리와 이런 이야기를 나누리라고는 상상도 못 했다. 심장이 미친 듯이 널뛰었다. 만두를 빚던 사람, 살인자이기 이전에 누군가의 아버지였고 한 집안의 가장이었으며 만두를 만들면서 행복해하던 사람이라고……. 나는 이제껏 그 남자가 그런 사람인 줄 몰랐고, 알고 싶지도 않았다. 하지만 원치 않아도 이젠 알게 되었다.

조금 전까지만 해도 수리 덕분에 나도 엄마를 다시 찾아오게 되었으니까 수리의 넋두리쯤은 얼마든지 들어줄 수 있다고 쉽게 생각했다. 하지만 아니었다. 듣는 것만으로도 너무 힘들었다. 세상에는 몰라도 되는 이야기들이 있다. 그걸 알게 되고 깊이 생각하는 순간, 더는 예전 같을 수가 없다. 마음이 혼란스러웠다. 수리는 내 마음이 그런 줄도 모르고 계속해서 말을 이었다.

"다리가 이래도 마라톤을 완주할 정도로 괜찮다. 앞으로 잘 헤쳐나갈 수 있다. 그러니까 아빠도 거기에서 몸 건강히 있다가 나오라고 말해 줄 계획이었어. 근데 이게 뭐야? 내가 달리겠다고 고집부리는 바람에 아빠는 항소도 못 하게 됐어. 이번이 마지막 기회인데. 그렇다고 고모가 아빠를 포기한 것도 아니야. 혹시나 해서 국선 변호사들을 찾아다닌 모양인데 다들 회의적이래. 그 사람들 말이 맞아. 진창에 빠졌는데 힘 빠지게 발버둥치는 거지."

"……."

"듣기 거북하지? 나도 참 속없다. 여기까지 와서 너한테 이런 이야기나 하고. 미안해."

"넌, 뭐가 그렇게 늘 미안하냐?"

위로랍시고 꺼낸 말이 고작 이런 거라니. 난 정말 위로엔 젬병이다. 무거운 침묵이 흘렀다. 우리는 물감을 아무렇게나 짜서 만든 데칼코마니이자 서로의 어두운 그림자다. 하지만 그런 그림자라도 옆에 있기에 조금은 견딜 만해지는 거였다. 그걸 굳이 말로 꺼낸 적은 없지만 수리도 알고 나도 안다. 그래서 우리는 이렇게 서로를 찾아와 누구에게도 하지 못하는 속 이야기를 다 토해 놓는 것이다.

그동안 수리와 함께 달린 건 그 애에게 하지 못한 말이 있었기 때문이다. 네 잘못이 아니라고 말해 줘야만 했다. 그런데 수리가 제 속을 다 뒤집어 보여 준 이 순간에도 난 그 말을 꺼내지 못하고 있었다. 지금이 아니면 안 돼! 겨우 입을 달싹였다.

"너한테 할 말이 있어."

"응?"

"그날 말이야……."

"나래야!"

수리와 난 동시에 소리가 터져 나온 곳을 바라보았다. 엄마가 자전거 바구니에 자질구레한 옷을 가득 싣고 돌아와 있었다. 엄마는 행복에 겨워 금방이라도 눈물을 쏟을 것 같은 얼굴로 이쪽을 보고 있었다. 수리가 낮은 목소리로 나래가 누구냐고 물었다. 난 굳어서 아무 말도 하지 못했다. 묘한 분위기를 감지한 수리는 나와 엄마를 번갈아 보다가 문득 파란 집에서 시선을 딱 멈추었다. 그러고는 나를 보면서 말했다.

"설마……."

나는 입을 꾹 다문 채 고개를 끄덕였다. 수리는 사색이 되어 자리에서 벌떡 일어났다. 너무 서두르는 바람에 균형을 잃고 휘청였다. 그러자 엄마는 자전거를 내팽개치고 바람처럼 달려와 수리의 팔을 붙잡아 주었다. 엄마는 수리의 다리를 보고는 놀라서 비명을 지르듯이 말했다.

"나래야, 맙소사! 네 다리가 왜 이래? 누가 그랬니! 그 나쁜 놈이 그런 거지? 그놈이 우리 나래 다리를 이렇게 만든 거야!"

수리가 겁먹은 눈으로 나를 쳐다보았다. 어떻게 좀 해 보라고, 눈으로 말했다. 이렇게 멍청하게 서서 바라보고 있어서는 안 되는 거였다. 나는 엄마의 팔을 붙잡아 수리에게서 떼어 놓으려고 했다. 하지만 수리를 어찌나 세게 붙잡고 있는지 쉽지가 않았다.

"엄마, 얜 나래가 아니라 수리야. 나래랑 하나도 안 닮았잖아. 정신 좀 차려 봐."

그러나 엄마는 내 말을 전혀 듣고 있지 않았다. 평소와 달리 나래가 죽었다는 사실도 잊은 모양이었다. 엄마의 기억이 롤러코스터처럼 뒤집어진 채 빠른 속도로 돌고 있었다. 나는 엄마가 지금 무엇을 보고 어떤 생각을 하는 건지 짐작할 수 없었다. 수리도 어찌할 바를 몰라 하며 떨고 있었다. 엄마는 수리를 붙잡고 눈물을 뚝뚝 흘렸다.

"미안해, 나래야. 다 엄마 잘못이야. 엄마가 그때 집에만 있었어도…… 우리 나래를 지켜 줬을 텐데. 미안해. 미안해, 나래야."

"아줌마, 전 나래가 아니에요."

수리가 손사래를 치며 뒷걸음질쳤지만 엄마는 아랑곳없이 수리를 꽉 껴안았다. 그러고는 그간 눌러 온 설움과 그리움이 복받쳤는지 아이처럼 엉엉 울었다. 수리에게서 엄마를 떼어 내기 위해 잡고 있던 손에서 스르르 힘이 빠졌다. 수리는 모를 거다. 엄마에게 이 순간이 어떤 의미인지. 나도 엄마처럼 울고만 싶었다.

"수리야, 미안해. 조금만……."

"아니야, 난 아니라니까. 너까지 왜 이래!"

수리는 내 말을 끊으며 소리를 버럭 질렀다. 이대로 영원히 우리에게 붙들려 헤어 나오지 못할까 봐 두려움에 떨고 있었다.

"이거 놓으세요. 제발 좀 놔주세요."

엄마가 눈물을 닦느라 잠시 팔을 푼 사이에 수리는 죽을힘을 다해 도망쳐 버렸다. 난 엄마가 수리를 쫓아가지 못하게 꽉 붙들었다. 그리고 수리가 우리로부터 멀어지는 모습을 지켜보았다.

다행이다. 수리가 달릴 수 있어서, 수리에게 치타 다리가 있어서.

7

수리

첫새벽에 한강 공원에 도착했다. 지하철 입구에서부터 선글라스와 손수건 등 마라톤 관련 용품을 파는 상인들이 좌판을 늘어놓고 호객 행위를 하고 있었다. 난 고개를 푹 숙인 채 그곳을 빠르게 지나갔다.

이른 시각이었지만 공원에는 '소아암 환우 돕기 마라톤'에 참가하려는 사람들이 북적이고 있었다. 5km 걷기에 도전하는 어린이들과 가족, 기념사진을 찍는 커플, 체온 유지를 위해 비닐을 뒤집어쓰고 준비 운동을 하는 사람, 외국인 등 별별 사람들이 다 모여 있었다.

주최 측은 경기 준비로 바빠 보였다. 일렬로 죽 늘어선 천막 아래로 페이스메이커가 모이는 곳, 자원봉사자가 모이는 곳, 10km 물품 보관소 등이 구분되어 있었고, 각 천막마다 사람들이 와글와글했다.

밤새 한숨도 못 자고 일어나 수많은 인파 속에 서 있으려니 머리가 띵했다. 눈도 뻑뻑했고 오른쪽 다리 끄트머리도 찌릿찌릿한 게 컨디션이 영 꽝이었다. 집에 가고 싶었지만 그럴 수 없었다. 이 대회는 다른 대회와 달리 완주 마감 시간이 제법 여유가 있었기 때문에 오늘 꼭 여기에서 완주를 해야만 했다. 나는 고개를 천천히 돌려서 목 근육부터 풀었다.

그때 사람들이 어딘가를 향해 우르르 몰려갔다. 연예인이 도착한 것이다. 부부가 함께 어린이들을 위해 봉사하는 걸로 유명한 스타였다. 그를 취재하기 위해 온 카메라들이 보였다. 그는 후원하는 아이를 커다란 유모차에 태우고 마라톤을 뛸 계획인 듯했다. 열 살인데도 혼자 힘으로는 걸을 수 없는 아픈 아이라고 했다.

그런데 갑자기 주변에 있던 사람들이 나를 쳐다보기 시작했다. 내 다리를 보는 것이다. 조금 떨어진 곳에 있는 사람들은 휴대폰으로 사진을 찍기까지 했다. 나는 톱스타보다 더 주목받고 있었다. 속이 울렁거려서 서둘러 한쪽으로 비켜섰다. 그때부터 내 눈에는 사람들의 다리만 보였다. 짧은 다리, 긴 다리, 가는 다리, 무 다리, 그리고 내 다리. 나만 다르다. 다르다는 게 꼭 틀린 것처럼, 뭔가 크게 잘못한 것처럼 느껴졌다.

나는 출발 대기선 팻말 옆에 가서 섰다. 마라톤 풀코스는 오전 8시 정각에 출발이다. 사람들이 제자리 뛰기를 하면서 몸을 풀었다.

“해 떨어지기 전에만 들어오시면 됩니다. 배고프면 점심때까지 오시고요. 뛰다가 힘들면 걷고 걷는 것도 힘들다 싶으면 진행 요원에게 바로 알려 주세요."

마이크를 잡은 사회자가 재치 있게 웃으면서 말했다. 사람들은 서로 마주 보며 "완주하세요." 하고 덕담을 나누었다. 곧이어 징이 세 번 울렸다. 출발 신호였다. 나는 시작부터 앞으로 치고 나가기 시작했다.

앞에서 뛰기 시작했지만 몇 킬로미터를 지나자 점점 뒤로 처져서 선두권에서 완전히 이탈하고 말았다. 사람들은 처음엔 추월해도 되나 멈칫하다가 결국 자기 페이스대로 나를 여유 있게 제치고 달려 나갔다. 자꾸만 조바심이 났다. 다른 사람들 뒤에서 달리는 게 싫었다. 나와 앞서거니 뒤서거니 하다가 결국 내 앞에서 공기를 가르며 달려가던 누가 자꾸 생각나서……. 바보 같은 짓이라는 걸 알면서도 무리해서 속도를 냈다. 다시 선두권이었다. 어느새 10km를 지났다. 조급한 마음에 급수대도 지나쳐 버렸다.

평소에 연습했던 것보다 더 빨리 달렸다. 엉덩이부터 시작된 다리의 통증이 조금씩 뼈와 살을 갉아먹는 느낌이었다. 그렇다고 여기에서 멈출 수는 없었다. 저번처럼 내 다리를 마사지해 줄 사람도 없었고. 멈추면 진행 요원들에게 이끌려 열외로 빠져야 할지도 모른다. 나는 이를 악물고 달렸다. 잠시 후 애써 외면했던 생각들이 꼬리에 꼬리를 물고 이어졌다.

태범은 지금 내 옆에 없다. 쓰러져도 날 잡아 줄 누군가가 없는 것이다. 그런데 난 왜 누군가의 도움을 바라는 거지? 그리고 왜 하필이면 태범을 떠올리는 걸까? 태범과 난, 그런 사이가 아니다. 우린 품앗이하듯이 서로의 상처에 약을 발라 주는 훈훈한 사이가 될 수 없다. 처음부터 잘못 끼워진 단추 같은 인연이었다. 병원에서 녀석을 쫓아가지 말았어야 했다. 아니, 파란 집 생존자라는 걸 알았을 때라도 돌아섰어야 했다. 그런데도 난 바보같이 태범을 만나러 파란 집까지 찾아갔다. 거기가 어디라고. 그곳에서 나는 듣고 싶지 않았던 이름을 듣고야 말았다.

숨이 거칠어졌다. 아직 반도 안 왔는데 숨쉬기가 힘들었다. 입술이 자꾸만 벌어졌다. 그렇게 하면 당장은 살 것 같아도 결과적으로 입이 바짝 말라서 호흡이 더 힘들어진다. 그걸 알면서도 숨을 크게 들이마시기 위해 입을 더 벌렸다. 내 안에 박혀 버린 이름을 토해 내기라도 할 듯이 크게.

하지만 얼굴을 일그러뜨리며 입을 크게 벌려도, 자꾸만 커지는 풍선처럼 그 이름 역시 제 몸을 부풀렸다. 내 안에서 빼낼 수가 없었다. 나래. 나는 그 이름에게서 도망치듯 더욱 속력을 냈다. 뛰면 뛸수록 바람의 언덕에 서서 홀로 세상의 모든 폭풍우를 맞는 것만 같았다. 앞으로 나아갈수록 자꾸만 파란 집에서의 기억이 내게 밀려 들어왔다.

"나래야, 맙소사! 네 다리가 왜 이래? 누가 그랬니! 그 나쁜 놈이 그런 거지? 그놈이 우리 나래 다리를 이렇게 만든 거야! 미안해, 나래야. 다 엄마 잘못이야. 엄마가 그때 집에만 있었어도…… 우리 나래를 지켜 줬을 텐데. 미안해. 미안해, 나래야."

아니야! 아니라고! 난 나래가 아니야! 나쁜 놈이 누군데? 그 나쁜 놈이 대체 누구냐고!

중간고사가 끝나서 친구들과 노래방에 갔다가 밤늦게 혼자 집으로 돌아가는 길이었다. 나는 걸으면서 휴대폰 단톡방에서 친구들과 대화를 나누고 있었다. 발랄한 이모티콘과 함께 아이들의 수다가 그칠 줄 모르고 올라왔다. 난 횡단보도 앞에서 신호를 기다리며 휴대폰을 들여다보았다. 웃음을 참느라 입술을 질끈 깨물어야 할 정도로 신이 나 있었다. 이윽고 파란불로 바뀌자마자 길을 건넜다.

그런데 다음 순간, 나는 굉음과 함께 도로 바깥으로 튕겨 나갔다. 무슨 일이 벌어진 건지 몰라 어리둥절한 가운데 휴대폰이 없어졌다는 걸 깨달았다. 나는 휴대폰을 찾으려고 고개를 돌렸다. 다행히 조금 떨어진 곳 바닥에 놓여 있었다. 하지만 몸을 움직일 수가 없었다. 잠시 후 한 남자가 나에게 다가왔다.

"아, 안 돼. 내가 깜빡 잠이……. 아, 아!"

나는 입을 벌려 힘겹게 말했다. 도와주세요. 하지만 목소리가 나왔는지는 모르겠다. 귀에서 계속 삐이 하는 소리가 들려서 남자가 하는 말은 물론이고 내가 하는 말도 잘 들리지 않았던 것이다. 남자는 주춤주춤 뒤로 물러나는가 싶더니 반대편으로 달려갔다. 내 휴대폰을 주우러 가는 것 같았다. 그러나 아니었다.

곧이어 불빛이 사라졌다. 남자가 차를 몰고 도망친 것이다. 내 휴대폰은 허공을 향해 작은 불빛을 쏘고 있었지만 손이 닿지 않았다. 나는 고개를 반대편으로 돌렸다. 횡단보도 앞 가게는 모두 문이 닫혀 있었다. 지나가는 사람도 없었다. 그때 신호등 위에 볼록하게 튀어나온 카메라가 눈에 들어왔다. CCTV였다. 나는 카메라를 향해 소리쳤다.

"도와……주세요!"

금방이라도 몽땅 쏟아져 나올 것처럼 기억들이 내 안에 부글부글 차올랐다. 만약 그때 병원에 바로 갔다면 모든 게 달라지지 않았을까? 하지만 그런 상상은 무의미하다. 어차피 일어나지 않았고 일어날 수 없는 일이니까. 고통이 거칠게 몸속으로 파고들었다. 아프다. 사고가 났을 때처럼 다리가 금방이라도 끊어질 것같이 아프다.

나는 균형을 잃고 앞으로 넘어졌다. 그 바람에 치타 다리도 벗겨지고 말았다. 나는 오른쪽 다리를 감싸 안은 채 고통에 찬 비명을 내질렀다. 그날처럼.

3부

바람이 분다

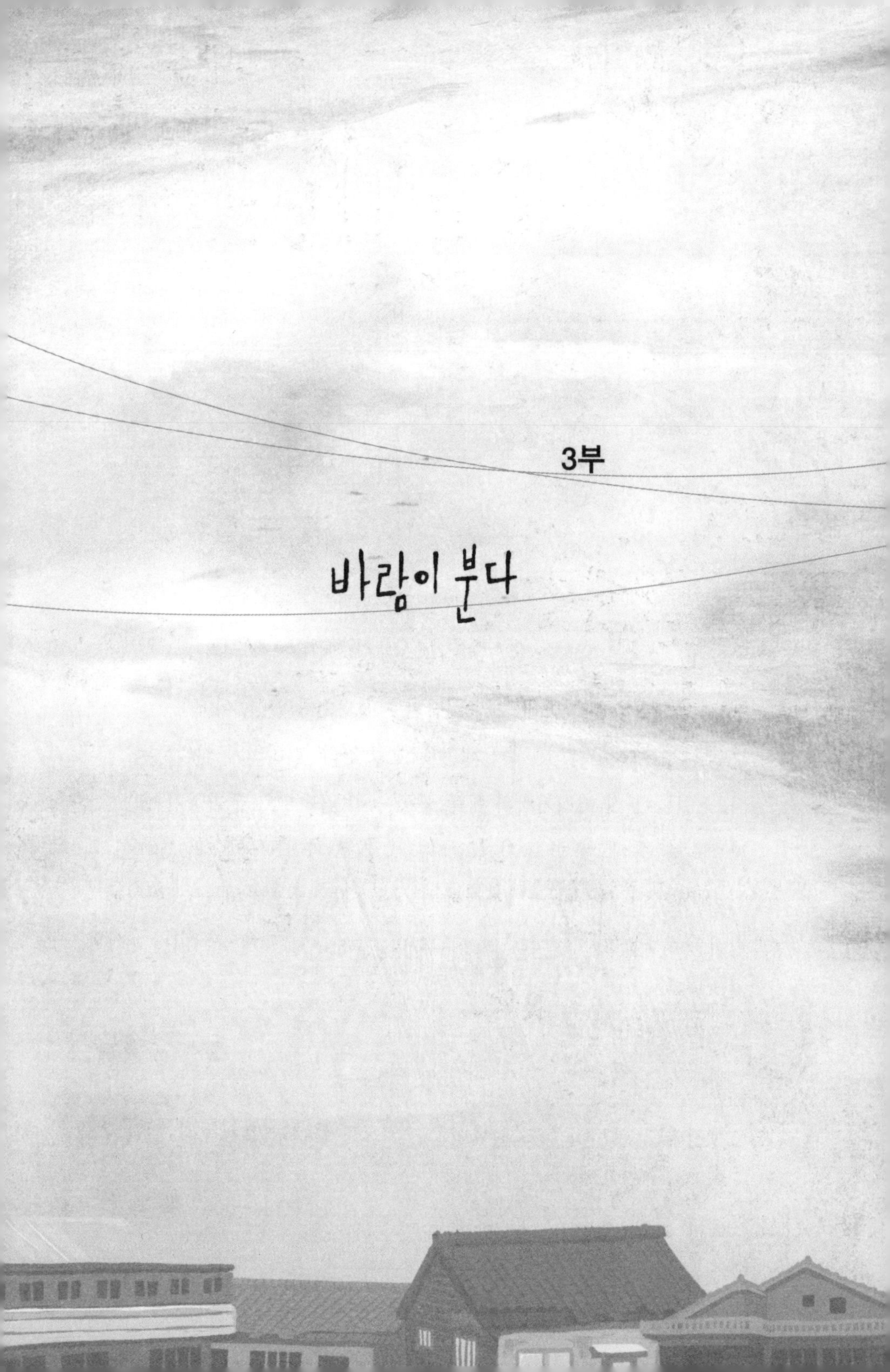

1

수리

나는 하루 종일 침대에 누워 천장만 쳐다보고 있었다. 어제도 그랬고 오늘도 그러고 있고 아마 내일도 그럴 거다. 걸리버가 된 기분이다. 소인들이 내 머리카락과 몸을 꽁꽁 묶어 바닥으로 끌어당기기라도 하듯이 옴짝달싹할 수가 없었다. 달리기로 과거를 극복해 보려던 건 내 교만이었다. 나는 망가졌다. 세상은 나를 버렸고 나는 더 이상 발버둥치지 않을 작정이다. 눈을 감았다. 이대로 모든 게 끝나기를 바라면서.

"저기……."

"안 먹는다니까."

배가 안 고프다고 톡 쏘아붙이고는 옆으로 돌아누웠다. 순간, 말을 건 사람이 고모가 아니라는 것을 깨달았다. 남자 목소리였다. 나는 눈을 번쩍 뜨고는 몸을 반쯤 일으켜 돌아보았다. 침대 곁 의자에 태범이 앉아 있었다.

"너 뭐야? 네가 어떻게……. 나가."

"할 말이 있어서 왔어."

"무슨 할 말? 마라톤 완주는커녕 뛰다가 자빠져서 엉엉 울었다는 소식 듣고 한달음에 달려왔니? 그래서, 위로라도 해 주게? 웃기지 마. 내가 불쌍해 보여?"

"그런 거 아니야."

"아니면? 됐어. 듣고 싶지 않아. 우린 절대 만나지 말았어야 했어! 난 나래가 아니야. 너네 엄마는 어떻게 날 나래로 착각할 수가 있어? 사고가 났을 때 너네 아빤 도망갔어. 내가 도와달라고 했는데도 도망갔다고! 우리 아빠나 너네 아빠나…… 다 끔찍해. 모두 끔찍해. 처음부터 무리였어. 달릴 때마다 빌어먹게도 기억은 더 선명해졌다고! 그러니까 제발 날 좀 내버려 둬!"

내 입에서 나오는 말에는 독이 서려 있었다. 스치기만 해도 깊이 베일 것처럼 거칠고 날카롭다. 누구든, 무엇이든 다 상처내고 싶다. 하지만 태범은 꼼짝 않고 앉아서 내 말을 묵묵히 듣기만 했다. 나는 결국 제풀에 나가떨어져 숨만 씩씩 몰아쉬었다. 퍼붓고 싶은 말이 떨어진 게 아니라 그냥, 이게 다 무슨 소용인가 싶었다. 우리는 말없이 서로를 쳐다보았다. 한참 후에야 태범이 굳은 목소리로 말했다.

"그동안, 너한데 할 말이 있어서……."

"그 말은 전에도 들었어. 네가 한강에 처음 나온 날에. 날 원망하려고 그랬다며?"

"첫날은 그랬지. 그런데 네가 모든 게 다 네 탓이라고 했잖아. 내 동생이 그렇게 된 게 다 네 탓이라고. 근데…… 아니야. 그게 진실이 아니라고. 너한테 말하려고 했는데, 그 말을 하려고 매일같이 나간 건데, 말을 꺼낼 수가 없었어. 네가 우리 집에 날 찾아왔을 때라도 말했어야 했는데……."

태범은 숨을 크게 들이마신 후 말했다.

"그날에 대해서 이야기해 줄게."

2

태범

“도망가!”

그 말이 날카로운 이빨처럼 엄마의 등을 물어뜯던 벨트를 잠시 멈추게 했다. 엄마는 열려 있는 현관문을 바라보더니 신발도 신지 않고 허겁지겁 밖으로 뛰어나갔다.

나는 엄마가 눈앞에서 완전히 사라질 때까지 남자를 악착같이 잡고 늘어졌다. 동생이 거실에 나와 목이 찢어져라 울었지만, 우리 집을 내다보거나 경찰에 신고를 해 주는 이웃은 없었다. 그렇게 얼마나 버텼는지는 정확히 기억나지 않는다. 예상치 못한 나의 반항과 동생의 울음소리에 맥이 풀린 듯 남자는 엄마를 쫓아가는 걸 포기해 버렸다. 그러고는 곧장 부엌으로 가더니 찬장에서 술을 꺼내 거실로 나와서는 바닥에 주저앉아 병나발을 불었다.

"이것 봐. 결국 날 두고 갔잖아. 너희 엄마는 돌아오지 않을 거야. 절대로."

남자는 피식 웃으며 중얼거렸다. 남자의 눈은 까맣게 죽어 있었지만 그 어둠 속에서 뭔가 이글거리는 게 느껴졌다. 그때까지만 해도 나는 남자가 얼마나 위험한지 알지 못했다. 그저 남자가 얼른 술을 더 퍼마시고 쓰러져 잠들기만을 바랐다. 그러면 이 밤이 무사히 넘어갈 것만 같았다. 만약 그렇게 되지 않으면 내 손으로 모든 걸 끝장낼 것만 같았다. 나는 무서운 감정을 억누르면서 남자의 술심부름을 했다.

시간이 지나면서 점차 빈 병이 늘어 갔다. 나는 빈 병을 몰래 숨기고 새 소주병을 남자의 앞에 티 나게 않게 들이밀었다. 더 마셔라. 어서 술독에 빠져 버려. 그러다가 술에 목이 막혀서 콱 뒈져 버리면 더 좋고. 그렇게 속으로 주문을 외우고 또 외웠다.

"내가 이렇게 만들었어!"

갑자기 남자가 소리 내어 엉엉 울기 시작했다. 엄마를 때린 다음 날, 엄마 앞에 무릎을 꿇고 손이 발이 되도록 싹싹 비는 걸 본 적은 있지만 동생과 내 앞에서 우는 건 처음이었다. 나는 무표정한 눈길로 남자를 쳐다보았다. 연민 같은 감정은 눈곱만큼도 생기지 않았다. 뜬금없이 참회를 하면서 눈물 콧물을 쏟아내는 남자의 모습은 그저 추하기만 했다. 할 수만 있다면 저 사람은 내 아버지가 아니라고 부정하고 싶을 지경이었다.

한참 후 남자는 눈물을 닦고 사나운 표정을 지었다. 슬픔 다음은 분노였다. 남자는 콧김을 뿜으며 분명히 같이 때를 밀었던 년 집에 숨어 있을 거라고 말했다. 엄마의 행방을 찾는 거였다. 남자는 이대로 집안 망신을 시키게 놔둘 수 없다며 몸을 일으켰다. 나는 잽싸게 일어나 두 팔을 벌려 남자의 앞을 가로막았다.

"저리 비켜, 새끼야. 죽고 싶어?"

남자는 주위에 있는 물건들을 움켜쥐고 날 마구잡이로 때리기 시작했다. 순식간에 벌어진 일이었다. 구두 주걱, 프라이팬, 신발 뒤축 등 남자의 손에 잡히는 모든 것이 때리는 도구가 되었다. 나는 조금이라도 덜 맞기 위해서 팔다리를 허우적거려 보았지만 소용없었다. 오히려 팔다리를 마음껏 때리라고 제물처럼 내준 꼴이었다. 엄마가 몸을 웅크린 채 바보처럼 맞기만 했던 이유를 그제야 깨달았다. 저항하거나 도망가지 않았던 이유를. 엄마는 스스로 자식들의 방패가 되었던 것이다. 목구멍으로 짜디짠 액체가 자꾸만 넘어갔다. 하염없이 흐르는 눈물이 굳게 다문 입술 사이로 자꾸만 흘러들었다.

동생은 내가 죽도록 맞는 모습을 보고 다시 소리를 지르기 시작했다. 남자는 내가 코피를 흘리고 나서야 때리던 걸 멈추었다. 남자가 거칠게 숨을 몰아쉬는 소리가 침묵을 깨고 집 안 가득 울렸다. 잠시 후, 남자는 울먹거리며 변명하듯이 말했다.

"너희 엄마 없이는 살 수가 없어. 난 죽을 거야."

남자의 말은 퍼뜩 이해되지 않았다. 이제껏 수없이 엄마가 맞는 소리를 듣고 또 눈으로 보아 왔지만 그것과는 차원이 달랐다. 난 아무것도 생각할 수가 없었다. 동생이 거실 구석에서 떨고 있다는 것만 어렴풋하게 느껴졌다.

"우린 망했어. 다 끝났다고."

남자는 비틀거리면서 집 안의 모든 문과 창문을 닫기 시작했다. 그러고는 정신이 반쯤 나간 채 가스와 연결된 호스를 식칼로 잘라 버렸다. 곧이어 죽음의 냄새가 희미하게 퍼져 나갔다. 밸브가 구형이라서 안전장치가 없었다는 건 나중에야 안 사실이다.

겁에 질린 동생이 다가와 내 손을 잡았다. 난 동생을 쳐다보지도, 손을 맞잡아 주지도 않았다. 내가 할 수 있는 일이 아니었다. 누군가를 마음으로 끌어안으며 도와주는 건 할 수 없었다. 할 수 없다는 생각만이 머릿속을 뱅글뱅글 맴돌았다.

가스가 서서히 집 안 곳곳으로 퍼져 나갔다. 머리가 깨질 듯이 아파 오더니 몸에서 힘이 쭉 빠졌다. 나는 그대로 모든 걸 놓아 버렸다. 나는 깨끗하게 승복하기로 했다. 애초에 남자의 광란에 끼어든 것부터가 잘못이었다. 이제 와서 돌이킬 수 있는 건 아무것도 없었다. 나는 향초라도 피워 둔 것처럼 태연하게 눈을 감았다. 내 곁에서 훌쩍이던 동생도 말없이 따라 누웠다. 날 따라 하는 것 말곤 할 수 있는 게 하나도 없었던 것이다.

나는 천장을 물끄러미 쳐다보았다. 파란 지붕 때문에 하늘이 보이지 않았다. 시간이 지날수록 가슴이 답답해졌다. 조금씩 삶과 죽음의 경계가 허물어졌다. 이제야 모든 게 끝나는구나, 하고 안도감이 밀려오기도 했다. 그런데 그게 끝이 아니었다.

얼마나 지났을까. 웅웅 소리가 들려서 가까스로 정신을 차려 보니 믿을 수 없는 일이 벌어지고 있었다. 검은 옷을 입은 사람이 남자 앞에 우뚝 서 있었다. 나는 드디어 내 소원이 이루어지는 거라고 생각했다. 하늘에서 남자를 데려가려고 저승사자를 보내 준 거라고.

"다 너 때문이야! 너 때문에 내 딸이……. 신장 같은 거면 떼어 주기라도 하지!"

남자는 무슨 말인지 모르겠다는 표정으로 힘없이 뒷걸음질쳤다. 검은 옷의 사내가 남자에게 한 발짝 더 다가섰다.

"네놈이 사거리에서 트럭으로 내 딸을 쳤잖아! 다 너 때문이야!"

"아, 안 죽었는데……. 그때 분명히 안 죽었는데……."

"그래, 안 죽고 살았지. 그런데 결국…… 너 때문에! 내 딸은 이제 어떻게 살라고!"

"나, 난……."

남자는 정신이 흐리멍덩해져서 뭐라고 대답해야 할지 모르는 표정이었다. 나 또한 가스 때문에 속이 울렁거리고 머리가 깨질 듯이 아팠다. 남자는 검은 옷의 사내를 제지하기 위해 따라 주지 않는 몸을 겨우 움직여 한 걸음씩 다가섰다.

먼저 칼을 든 건 남자였다. 검은 옷의 사내는 깜짝 놀라서 팔을 들어 칼을 막았다. 곧이어 두 사람은 왈츠를 추는 것처럼 이상한 자세로

엉겼다. 그 모습을 보고 있자니 정신없이 돌아가는 만화경을 들여다보는 것 같았다.

왜 저러지? 남자를 보는 순간 제일 먼저 든 생각이었다. 아까까지만 해도 다 같이 죽자고 했었잖아. 죽으면 이 고통이 모두 끝난다며? 가스 호스를 자른 건 바로 남자였다. 술에 취해 충동적으로 저지른 일이라고 해도 제 손으로 그런 짓까지 해 놓고는 강도에 맞서고 있다니……. 갑자기 살고 싶어지기라도 한 걸까? 검은 옷의 사내와 힘겹게 몸싸움을 벌이던 남자가 부정확한 발음으로 뭐라고 웅얼거렸다.

"애드른 아 대."

그 순간, 내 옆에 드러누운 동생이 퍼뜩 생각났다. 갑작스럽게 불어닥친 회오리바람에 휘말리지 않도록 동생을 보호해야 했다. 나는 동생을 끌어안으려고 팔을 뻗으며 바라보았다. 나래는 고장 난 인형처럼 눈을 멀거니 뜬 채 내 옆에 얌전히 누워 있었다. 얼굴이 새파랗게 질려 있었다. 작고 연약한 동생은 가스를 이기지 못한 것이었다. 나는 겁에 질려서 그대로 얼어붙었다. 움직이지 못하는 저주에 걸린 것처럼 옴짝달싹할 수 없었다.

"다 네 탓이야……."

나는 숨을 멈춘 채 소리가 나는 곳을 돌아보았다. 검은 옷의 사내가 남자를 칼로 찌르고는 울먹이고 있었다. 남자는 강도의 품에 안긴 채 바닥으로 스르륵 무너져 내렸다. 사내는 당황해서 칼에서 손을 떼고 뒷걸음질쳤다. 그러고는 배에 칼이 꽂힌 남자를 버려둔 채 그길로 집을 나가 버렸다. 남자는 피를 토하면서 자신의 배에 꽂힌 칼을 뽑았다. 피가 분수처럼 뿜어져 나왔다. 남자는 배를 두 손으로 막은 채 나와 동생이 있는 곳으로 기어 왔다. 먼저 동생부터 살펴보았지만 이미 숨이 끊어져 있었다. 남자는 동생의 목을 부여잡고 이름을 불렀다.

"나, 나래야. 숨 쉬어 봐, 나래야!"

남자의 배에서 흘러나온 피가 바닥으로 번지며 나에게 닿았다. 나는 참았던 숨을 내뱉으며 눈을 크게 떴다. 남자의 눈이 나에게로 향했다. 난 살아 있었다.

"가. 어, 얼른."

남자가 말했다. 강도가 돌아와 목격자인 날 죽일 수도 있었고 집 안을 가득 채우고 있는 가스가 폭발할 위험도 있었다. 남자는 마지막 힘을 쥐어짜서 나에게 얼른 가라고 말했다. 나는 고개를 저었다.

순간, 남자의 머리가 바닥에 툭 떨어졌다. 설마…… 배를 좀 찔렸다고 이렇게 금방 죽을 리가 없잖아. 영화에서 보면 이런 거 다 별거 아니잖아. 난 남자의 몸을 똑바로 뉘었다. 일단 배를 눌러 피를 막아 볼 생각이었다. 그러나 가까이에서 본 남자의 몸은 만신창이였다. 가슴뿐만 아니라 어깻죽지와 가슴에서도 피가 새어 나왔다. 두 손으로는 막을 수조차 없었다.

난 피 묻은 손을 내려다보았다. 오른손이 특히 더 심하게 떨렸다. 손에 묻은 피를 티셔츠에 문질러 닦았다. 결벽증 환자처럼 손에 불이 날 것처럼 세차게 문질러 댔다. 한참을 닦았지만 손금 사이사이로 스며든 피는 좀체 닦이지 않았다. 온 사방이 피였다. 나는 그 피로부터 도망치기 위해 온 힘을 다해 밖으로 나왔다. 가스 때문에 속이 메스껍고 어지러웠지만 가능한 한 집에서 멀리 가기 위해 달리기 시작했다.

그러나 달리고 달려서 도착한 곳은 결국 집이었다. 갈 곳이 없었다. 난 담장 아래에 웅크리고 앉아서 밤새 떨었다. 멀리 갈 수도, 그렇다고 집에 들어갈 수도 없었던 것이다. 정신이 반쯤 나간 상태로 잠이 든 것도, 그렇다고 깬 것도 아닌 시간이 깜빡깜빡 이어졌다.

한참 후 다시 정신이 돌아왔을 때 처음으로 들은 건 엄마의 비명이었다. 어느새 아침이 밝아 있었다.

"여보! 나, 나래야! 태범아, 태범아!"

나를 부르는 엄마 목소리에 벌떡 일어나 집 안으로 들어갔다. 엄마는 피범벅이 된 남자와 동생을 두 팔로 간신히 끌어안고 있었다. 나는 달려가 엄마를 꼭 껴안고 함께 울었다. 엄마는 계속 울기만 할 뿐 날 안아 주지는 않았다. 너무 큰 충격을 받아서 그런 거라고 생각했다.

엄마에게 그날은 세상이 끝장난 날이었다. 가족이 모두 죽어 버렸으니까. 엄마는 남자와 동생이 강도에게 당한 거라고 생각했다. 나 또한 그날 같이 죽었다고 믿어 버렸다. 자기 눈앞에 있는 나를 아들이라고 생각하지 않았다. 엄마는 그렇게 나를 놓아 버렸다.

내가 아무리 설명해도 엄마는 날 알아보지 못했고 심지어 경계하기까지 했다. 그 곁에서 내가 할 수 있는 건 아무것도 없었다. 그래도 손 놓고 있을 수는 없었다. 나에게 남은 건 엄마뿐이었으니까. 나는 엄마를 붙들고 내가 누군지, 그동안 무슨 일이 있었는지 줄기차게 설명했다.

"우리 가족이 모두 몇 명이지? 아빠, 엄마, 나래, 나. 이렇게 모두 네 명이잖아. 그중에 아빠가 죽었어. 그치? 그래, 그리고 나래도, 갔어. 그럼 누가 남았지?"

엄마는 대답 대신 고개를 좌우로 흔들었다. 나는 엄마를 붙들고 제발 대답해 보라고 윽박질렀다. 엄마는 겁에 질려서 조그맣게 말했다.

"아무도……."

"네 명에서 두 명을 빼면 몇 명이 남아? 4에서 2를 빼라고! 몇이야?"

엄마는 혀가 목구멍으로 말려 들어간 것처럼 아무 말도 안 했다. 나는 엄마의 손을 펼쳐 엄지를 구부린 후 다시 말했다.

"이거 봐. 우리 가족은 이렇게 넷이었어. 하나, 둘, 셋, 넷. 알겠지? 그런데 아빠랑 나래가 이제 없잖아."

살아 있는 사람을 위해서라면 죽은 사람을 입에 담는 것쯤 아무것도 아니었다. 나는 하나도 두렵지 않은 것처럼 침착하게 설명했다. 엄마의 검지와 중지를 구부리면서 다시 물었다.

"이제 몇 개가 남았어?"

"두 개."

"맞아. 엄마랑 나."

엄마는 자신의 손을 가만히 내려다보았다. 난 전기 놀이를 하는 것처럼 엄마의 손목을 꽉 쥐고 있었다. 그런데 엄마가 갑자기 주먹을 꽉 쥐었다. 그리고 그날 일을 기억해 냈다. 아침에 집으로 돌아왔을 때 남편과 딸이 피 칠갑이 된 채 거실에 누워 있던 모습이 떠오른 것이다. 악몽은 끝없이 되풀이되었다. 며칠 뒤, 고통을 이기지 못한 엄마가 안방 천장에 줄을 매달았다. 내가 잠깐 한눈을 판 사이에 벌어진 일이었다.

나는 엄마의 목에 감긴 줄을 풀면서 절규했다.

"날 봐. 엄마, 제발 나 좀 봐 줘."

하지만 그 순간에도 엄마의 눈에는 내가 담겨 있지 않았다.

그때 난 열일곱 살이었다. 내가 처한 지옥 같은 일을 외부에 알릴 수도 없었다. 자살 시도를 한 엄마가 정신 병원에 보내지면 친척 하나 없는 나는 고아원 같은 데 가야만 했다. 무엇보다 엄마는 결코 집을 떠날 수 없는 사람이었기에 억지로 집에서 떼어 놓으면 진짜 죽어버릴지도 모른다고 생각했다. 하지만 내가 곁에 있어도 엄마는 죽어버릴 것 같았다. 내가 선택할 수 있는 건 딱 한 가지밖에 없었다. 내가 집을 떠나는 것이었다.

"그러니까 다 내 탓이야."

나는 자리에서 일어났다. 수리는 다리를 덮은 이불을 움켜쥔 채 미동도 없이 앉아 있었다. 난 비겁한 놈이다. 식당에서도 그랬고 거리에서 떠도는 것도 그랬다. 언제나 한발 물러서 있었다. 가해자도 될 수 없었고 피해자도 되지 못했다. 나는 방관자였다.

방문을 열고 나오자 거실에 서 있던 수리 고모가 나를 쳐다보았다. 내 이야기를 다 들은 듯했다. 정적이 집 안에 꽉 들어차 있었다. 나는 고개를 숙인 채 밖으로 나왔다.

3

태범

"난…… 할 말이 없다."

유리 너머의 그가 날 보지 않기 위해 고개를 옆으로 돌린 채 말했다. 더는 찾아오지 말라는 말을 전하려고 면회를 허락한 거라면서. 뭔가 뒤바뀐 것 같았다. 원래는 그가 나를 찾아와 용서를 구하고 내가 그를 내쳐야 하는 거 아닌가? 하지만 세상에 꼭 그래야 한다고 정해진 규칙 따윈 없다. 인생에선 어떤 상황이든 벌어질 수 있으니까.

나는 그의 얼굴을 물끄러미 쳐다보았다. 이마에 울퉁불퉁 꿰맨 자국이 남아 있었고 광대뼈도 부풀어 올라 있었다. 오른손은 붕대를 친친 감고 있었다. 사람들이 자신이 손수 빚은 만두를 먹을 때 가장 행복해했다는 그의 손은 이제 자신을 괴롭히고 나락으로 처박는 몹쓸

도구일 뿐이었다. 최근에 다시 싸움에 끼어든 모양이었다. 그렇게라도 하지 않으면 견딜 수가 없는 거겠지. 그는 나와 크게 다르지 않았다. 어쩌면 우리는 모두 조금씩 서로를 닮아 있는지도 모르겠다. 그래서 더 미워하기가 힘들다.

가족을 보호하는 건 부모의 의무라고들 말한다. 아빠는 강해야 하고 엄마는 자식을 사랑으로 지켜 줘야 한다고. 하지만 그럴 수 없을 때도 있다. 때로는 자식이 부모보다 더 강해져야 할 때가 있는 것이다. 나는 결심이 흐트러질까 봐 무릎 위에 놓은 손을 마주 잡아 꽉 쥐고 말했다.

"아저씨한테 제가 할 말이 있어요. 그날 사건에 대해서요. 그때 경찰한테는 기억이 안 난다고 했지만, 사실 저 다 봤어요."

내 말에 그의 눈가가 찌르르 떨렸다. 갑자기 자리에서 벌떡 일어나더니 더 이상 듣고 싶지 않다며 교도관을 불렀다. 나는 들어가지 말고 내 얘길 들으라고 몇 번이고 외쳤다. 교도관이 나와 그를 번갈아 보며 난처한 표정을 지었다.

"면회 끝났다고요. 들어가겠다니까? 빨리 문 좀 열어 줘요."

"아직 제 말 안 끝났어요! 들어가지 마세요!"

"저렇게 애원하는데, 사람 참……. 시간도 좀 남았는데 더 들어 보지그래?"

교도관이 찬찬히 말했지만, 그는 교도관을 밀치고 다시 좁은 감방으로 돌아가려고 했다. 나와 마주하는 게 그렇게나 싫은 걸까? 교도관과 그가 실랑이를 벌이는 사이에 난 자리에서 엉거주춤 일어섰다. 보름 전부터 대기실에서 하염없이 기다리는 동안 속으로 할 말을 연습했는데 이렇게 한마디도 못 해 보고 면회를 끝낼 수는 없었다. 지금이 아니면 다시는 기회가 없을 것 같았다. 그렇다면 이 순간 내가 그에게 꼭 전해야 할 말은 내 얘기가 아닐 것이다. 아직 한 번도 면회를 하지 못했다던 수리의 말이 떠올랐다.

"수리는, 잘 지내고 있어요."

일순간 찬물을 뒤집어쓰기라도 한 듯이 그가 몸부림을 멈추었다. 그리고 천천히 뒤돌아서서 날 산 채로 씹어 먹기라도 할 듯이 무서운 눈으로 노려보며 유리로 바짝 다가왔다.

"네가 내 딸을 어떻게……. 경고하는데, 내 딸 털끝 하나라도 건드리면 가만 안 둘 거야. 복수하겠답시고 설치면 내가 죽는 한이 있어도, 꼭!"

"그런 거 아니에요. 수리랑은 그냥…… 달리다가 알게 된 사이예요."

그는 의심의 눈초리로 날 빤히 쳐다보았다. 나는 수리와 어떻게 만나게 됐는지 차마 진실을 말할 수가 없어서 한강로에서 같이 달리기를 시작한 것부터 말했다. 수리가 녹슨 못으로 자해한 것과 내가 일부러 그 애 주변을 맴돌았다는 것은 빼고 말이다. 그건 그의 상처에 독을 들이붓는 거나 마찬가지일 테니까. 나는 수리가 돈을 받고 맞던 나를 구해 주었던 것, 조금이라도 곁이 보이면 들러붙으라는 충고에 집으로 돌아갈 수 있었다는 것, 그리고 마라톤 완주를 목표로 매일 치타 다리를 끼고 한강로를 달렸던 것 등을 이야기해 주었다.

그는 의자에 털썩 앉았다.

"다리가 아직 아플 텐데……. 왜 그렇게 무리해서……."

"마라톤을 완주할 수 있을 정도로 자신이 괜찮아졌다는 걸…… 아빠한테 알리고 싶었대요."

그는 입술을 달싹이다가 자신의 손을 내려다보았다. 그들 부녀만이 알고 있는 오래전의 어느 날을 떠올리는 것 같았다. 나는 교도관을 바라보았다. 어느새 면회 시간이 다 되어 갔기 때문이다. 교도관은 나에게 하고 싶은 말을 얼른 하라고 눈짓했다.

나는 급한 마음에 연습했던 말을 빠르게 쏟아냈다.

"아저씨! 아저씨가 그런 거 아니에요. 그때 너무 취해서 기억도 잘 안 나고, 가스 호스를 끊은 칼에 아저씨 지문이 묻어 있어서 경찰의 조사를 그대로 인정하셨던 거 같은데, 그거 사실 아니에요. 가스는 그 남자…… 아니, 제 아빠가 한 짓이에요. 아저씨가 오기 전에 다 죽자고 호스를 끊었어요. 그래 놓고는 아저씨가 왔을 때 혹시라도 저와 동생을 해칠까 봐 칼을 먼저 든 거예요. 지금도 이해가 안 가지만요. 그때 사실대로 말하지 않은 건…… 너무 혼란스러워서 그랬어요. 죄송해요."

그는 말없이 고개를 떨어뜨렸다.

"그 후에는 엄마가 충격 때문에 절 알아보지 못해서 정신도 없었고…… 아니, 이딴 거 다 핑계예요. 그때 바로 말했어야 했는데……. 너무 무서웠어요. 다른 사람들에게 말하기 시작하면 아빠가 도대체 왜 그랬는지 되새겨야 할 것 같았어요. 그렇게 되면 아빠를 계속 미워할 수 없을 것 같아서……. 이제야 말씀드려서 정말 죄송해요."

나는 차마 그를 보지 못하고 고개를 떨구었다. 그러자 그가 유리를 똑똑 두드려 소리를 냈다. 나는 고개를 들어 그를 바라보았다. 그는 입술을 앙다문 채 울고 있었다. 고개를 끄덕이면서. 자신은 괜찮다고, 날 이해한다고, 그동안 얼마나 아팠냐고 묻고 말하고 안아 주는 듯한 표정이었다.

나는 주먹을 꽉 쥔 두 손을 바라보며 웅얼거렸다.

"아저씨, 저흰…… 괜찮아요. 그러니까 아저씨도……."

4

태범

가을이 되어서야 다시 한강에 나왔다.

오랜만이다. 여름 동안은 전에 없이 바빠서 한강에 올 시간도, 마음의 여유도 없었다.

여름이 무르익어 갈 즈음, 수리의 고모가 복지관의 관장과 함께 우리 집으로 찾아왔었다. 수리 고모는 차마 집 안에 들어오지 못하고 마당에 우두커니 서 있었다. 관장을 우리 집으로 이끈 건 수리 고모 생각인 것 같았다. 난 주머니에 손을 찔러 넣고 관장을 멀뚱히 쳐다보았다.

관장은 챙겨 온 팸플릿을 꺼내 복지관에 있는 시설로 엄마와 함께 옮기는 게 어떻겠느냐고 물었다. 그즈음 집에 남아 있는 사람은 주름 할머니와 삼선 아저씨뿐이었다. 다른 노숙자들은 집보다 시원한 곳을 찾아 은행이나 서울역처럼 에어컨이 빵빵하게 나오는 곳으로 가버린 후였다.

집을 둘러보던 관장은 삼선 아저씨와 주름 할머니를 보자마자 자신이 도와줘야 할 또 다른 인물들을 발견했다는 데 만족하며 더욱 열의를 불태웠다.

관장이 제시하는 복지관 생활은 거리에서의 생활이나 열악한 파란집 생활보다는 훨씬 나아 보였고 달콤하게 느껴지기도 했다. 삼선 아저씨는 복지관으로 가고 싶다고 했고, 주름 할머니는 떠돌이 개 때문에 선뜻 가겠다고 못 하고 한참을 망설였다. 복지관에 개를 데려갈 수가 없었기 때문이다.

내가 나설 차례였다.

“개는 여기에 두고 가세요. 보고 싶을 때마다 이리로 보러 오시면 되잖아요.”

관장은 두 사람에게 복지관에서 어떤 도움을 받을 수 있는지, 어떤 규칙을 지켜야 하는지, 앞으로 어떤 생활을 해야 하는지 차근차근 설명했다.

관장의 관심이 생각지도 못한 대상에게 쏠리자, 수리 고모는 당황한 기색이 역력했다. 나와 수리 고모는 꿔다 놓은 보릿자루처럼 아무 말도 하지 않고 어색하게 서 있었다. 우리가 나눌 이야기야 뻔했다. 나는 먼저 말을 꺼냈다.

“뭘 부탁하러 오신 건지 알아요. 할게요, 그거. 복지관 얘기가 아니어도 하려고 했어요."

수리 고모가 고개를 돌려 나를 보았다. 좋으면서 아닌 척하려는 건지 표정이 영 떨떠름해 보였다. 수리 고모가 뒷목을 쓸어내리며 말했다.

"그런…… 불순한 의도는 아니었어. 그냥 나도 뭔가 도움을 주고 싶어서……. 근데 어머니는 어디 계시니?"

"저한테 줄 물건을 찾으러 나가셨어요."

수리 고모는 수리에게서 들은 게 별로 없는지 내 말뜻을 전혀 알아듣지 못했다. 내가 말한 물건이 뭔지 추측하느라 미간을 잔뜩 모으고 있더니 내게 진짜 괜찮으냐고 물었다. 복지관의 도움이라도 받아야 되지 않겠느냐는 질문인 것 같았다. 나는 단호하게 대답했다.

"엄마랑 둘이서 잘할 수 있어요."

그 후, 나는 수리 고모의 주선으로 새롭게 열릴 재판을 맡은 국선 변호사를 몇 번 만났다. 무료로 변호해 주는 사람이라고 해서 굉장히 어수룩한 뒷방 늙은이 같은 사람일 줄 알았더니, 꽤 강단 있고 열정적인 젊은 사람이었다.

내 증언을 토대로 재수사가 이루어졌고, 배제되었던 증거들이 다시 채택되는 등 복잡한 일들이 이어졌다. 변호사는 우리 집도 몇 차례나 오가며 꼼꼼하게 준비를 했다.

그렇게 한 계절이 지나고 오늘, 마침내 재판이 열렸다. 나는 변호사의 충고대로 가장 멀쩡해 보이는 옷을 차려입고 법정으로 향했다. 미리 안내받은 대로 1층 증인 대기실로 갔다. 법정 앞으로 가니 경찰복 같은 걸 입은 사람이 내 신분증을 확인한 뒤 서류를 몇 장 건네주었다. 그런 다음에 증인 심문 차례가 올 때까지 문 앞에서 대기했다.

대기하는 시간이 길어지자 긴장이 되어 복도를 걸어 다녔다. 목이 타서 주위를 두리번거렸지만 정수기나 자판기 같은 건 없었다. 나는 다시 녹색 의자에 앉아 잠자코 기다렸다.

한참 후에야 법정 안으로 들어갈 수 있었다. 수리가 뒤편 의자에 앉아 있는 게 보였다. 그날의 진실을 모두 털어놓은 후, 처음 보는 거였다. 수리는 고개를 숙여 내 눈길을 피했다. 나도 어색하게 고개를 돌린 후 곧장 증인석으로 걸어갔다.

검사의 옷은 저승사자처럼 너무 까맸고, 판사가 앉아 있는 곳은 너무 높아 보였다. 심장이 두방망이질쳤다. 증인석에서 손을 들고 선서를 하려는데 오른손이 심하게 떨렸다.

그때 수리와 눈이 마주쳤다. 수리는 눈 한번 깜빡이지 않고 나를 뚫어져라 쳐다보았다. 판사가 나에게 괜찮으냐고 물었다. 나는 대답하지 않고 변호사를 보았다. 변호사도 당황한 눈치였다. 나는 심호흡을 하기 위해 눈을 감았다. 그러고는 왼손으로 떨고 있는 오른 손목을 세게 움켜쥐고 꾹 눌렀다. 그런 다음에 눈을 뜨고 선서를 했다.

"선서. 양심에 따라 숨기거나 보태지 아니하고 사실 그대로 말하며 만일 거짓 진술을 하면 그에 대한 제재를 받기로 맹세합니다."

선서가 끝난 후 변호사와 검사가 돌아가면서 나에게 질문을 했다.

검사는 내 말을 도중에 자꾸 끊었다. 그러는 바람에 당황해서 또박또박 말하지 못했다. 내가 하려고 했던 말을 다 했는지조차 모르겠다. 판사가 증인석에서 내려가도 좋다고 했을 때, 다리에 힘이 풀려서 법정 밖으로 겨우 빠져나왔다. 그 뒤에 마무리가 어떻게 되었는지 보지도 않고 이곳으로 온 것이다.

난 땅바닥에 털썩 드러누웠다. 목덜미에 닿은 잔디가 까슬까슬했다. 가을이라 내리쬐는 햇빛이 너무 강해서 눈을 질끈 감았다. 법정에서 어수룩하게 굴었던 내 모습이 다시금 떠올랐다. 아무래도 내가 일을 다 망친 것 같다. 내 증언이 신빙성이 없다고 채택되지 않으면 어떡하지?

"그때 손은 왜 떨어 가지고. 으아!"

머리카락을 막 헝클이는데, 갑자기 가슴팍으로 잔디와 흙이 날아들었다. 눈을 떠 보니 수리였다. 치타 다리 끝에 흙이 묻어 있었다. 수리는 남 얘기하듯 대수롭지 않게 말했다.

"그러게. 좀 잘하지 그랬냐?"

기가 막혀서 몸을 일으키며 대거리를 했다.

"야, 그 정도면 잘한 거거든? 그렇게 맘에 안 들면 네가 하지 그랬냐?"

"내가 할 수 있는 거면 진즉에 했지. 그건 너만 할 수 있는 거였잖아."

수리 말이 맞다. 난 말없이 한강을 바라보았다. 수리가 내 옆에 주저앉으며 말했다.

"난 기다리는 거 되게 잘할 줄 알았거든? 근데…… 꽤 힘드네."

"오늘이 첫날이잖아. 아직 몇 번 더 해야 한대."

"그렇지. 시간이 참, 안 가네."

나도 수리와 같은 생각이었다.

잠시 후 수리가 자리를 박차고 일어나더니 나에게 물었다.

"한 바퀴 뛸래?"

물을 땐 언제고, 대답도 안 했는데 수리는 먼저 달려가기 시작했다. 이상하게 수리만 만나면 자꾸 뛰게 되는 것 같다. 처음 만난 날조차 수리를 업고 응급실까지 죽어라 달렸었다.

한강로를 따라 시원하게 내달리는 수리의 다리가 그 어느 때보다 가벼워 보였다. 더 이상 과거에 발목 잡히지 않고 제대로 해 보겠다는 의지가 느껴졌다.

난 수리의 뒷모습을 멍하니 바라보다가 벌떡 일어났다. 뒤를 졸졸 따라가는 꼴은 면해 보려고 다리를 재게 놀렸다.

우리는 이제 막 과거의 길고 어두운 터널에서 빠져나왔다. 앞으로 어떻게 살아야 할지 구체적인 계획 같은 건 없다. 그저 당장 할 수 있는 일, 해야 할 일들을 조금씩 해 나가면서 잃어 버렸던 삶을 되찾고 채워 나가는 게 최선일 것이다. 그런 다음에 평범하게…… 살고 싶다. 다른 사람들처럼.

우리가 지금 죽어라 달리는 이유는 그래야만 하기 때문이다. 금방이라도 죽을 것처럼 힘껏 달려야만 좀 살 것 같으니까. 맞바람이 거세게 불어왔다. 하지만 뛰는 동안에는 바람을 피할 수 없다. 바람과 하나가 되어 뛰어야 한다.

내가 뛸 때마다 바닥에 나라는 사람의 무게와 크기만 한 느낌표가 찍힌다. 아래를 보지 않아도 알 수 있다. 나는 앞을 향해 달리면서 어느 프랑스 시인의 말을 떠올린다.

바람이 분다. 살아야겠다.

치타 소녀와 좀비 소년

첫판 1쇄 펴낸날 2016년 1월 27일
11쇄 펴낸날 2021년 4월 19일

지은이 김영리
펴낸이 박창희
편집 김수진 이민주 **디자인** 권은숙
마케팅 이상민 **회계** 양여진

펴낸곳 (주)라임
출판등록 2013년 8월 8일 제 406-2013-000091호
주소 경기도 파주시 회동길 57-9, 우편번호 10881
전화 031) 955-1820, 1821 **팩스** 031) 955-1825
이메일 lime@limebook.co.kr **인스타그램** @lime_pub

ISBN 979-11-85871-34-9 44810
979-11-951893-0-4 (세트)

* 잘못된 책은 구입하신 서점에서 바꾸어 드립니다.
* 본서의 반품 기한은 2026년 4월 30일까지입니다.